MW00889992

EL LAZARILLO DE TORMES

Anónimo

Lectura fácil

Paco Arenas

EL LAZARILLO, LA ESPAÑA DEL SIGLO XVI, LA NOVELA PICARESCA Y LA SOCIEDAD DE LA ÉPOCA

Paco Arenas

Adaptación al castellano actual- lectura fácil "El Lazarillo de Tormes"— Paco Arenas / Paco Martínez©

El Lazarillo, la España del siglo XVI, la novela picaresca y la sociedad de la época—Paco Arenas / Paco Martínez©

Ilustración de Portada: [Cuadro] de Luis Santamaría Pizarro (documentado entre 1884 y 1912), sobre fondo de Toledo, fotografía propia.

Ilustraciones interiores: Maurice Leloir 1853/1940

ISBN-13: 978-1505398823 (CreateSpace-Assigned)

ISBN-10: 1505398827

Sello: Independently published

Prólogo de esta edición del Lazarillo de Tormes

En el año 1554 se publica una novela singular, en cuatro ciudades diferentes: Burgos, Medina, Alcalá y Amberes, sin un autor que firme su autoría. Se trata de ***"La vida del Lazarillo de Tormes, de sus fortunas y adversidades"***, que de inmediato comenzó a circular por todos los territorios, en no pocas ocasiones copias manuscritas. Por primera vez, un personaje humilde cuenta su vida en primera persona, desde su más tierna infancia hasta su matrimonio de conveniencia en condiciones bastantes singulares. Con gran sentido del humor y mirada satírica, Lázaro nos habla de la triste realidad de un país sumido en la miseria y la corrupción. El Lazarillo es una obra de obligada lectura, que como todos los clásicos se ve dificultada por el lenguaje en que está escrita. Por tanto es preciso adaptarla al castellano actual, manteniendo la estructura original, para que así sea posible leerla de manera fácil y sin ningún tipo de traba lingüística, no obstante siendo respetuoso al máximo con la obra. No se trata de una adaptación libre, sino de eso, de una adaptación escrita al modo y formas actuales, siempre que con ello no se altere la esencia. También he procurado hacerla útil para los estudiantes, incluyendo un anexo e innumerables anotaciones en pies de página, que no buscan aclarar el significado de las palabras, porque eso ya está hecho con la adaptación, sino aclarar cuestiones e interpretaciones de la obra.

Paco Arenas.

Prólogo

Siempre es bueno no dejar en el olvido aquellas cosas de la vida que merecen contarse, tanto lo malo como lo bueno, si ello sirve para pasar un buen rato de entretenimiento. Como es bien sabido, ya lo dice Plinio[1]: "No hay libro por malo que sea que no contenga algo bueno". Y esto es tanto más cierto, aunque cada uno tengamos un gusto diferente, y el con el manjar más sabroso que deseamos, otros vomitarían solo con pensar que lo podrían llegar a comer. Lo que para uno es basura, para otro puede ser el más preciado de los tesoros. Por lo cual nada se debe tirar ni destruir, siempre que pueda ser reutilizado, al menos que nos resulte realmente detestable.

Todo aquel que escribe lo hace con intención de ser leído, de buscar el placer de quien lo leyese; no siendo el arte de escribir algo que resulte fácil, nadie que lo haga lo hace para un solo lector, en no pocas ocasiones lo escrito se queda olvidado en un cajón o es pasto de las llamas, ya sea para prender la lumbre o por cualquier otra cuestión de justicia o injusticia. Quienes escriben desean ser recompensados, siendo lo menos importante el dinero, sino ser leídos y que aquellos

---

[1] Plinio el Joven: (Cayo Plinio Cecilio Segundo) Escritor latino, autor de una colección de epístolas de interés literario que proporciona una nítida imagen de la vida pública y privada durante la época de Trajano. Sobrino e hijo adoptivo del erudito Plinio el Viejo.

que les leyesen encontrasen algo bueno entre sus líneas y por supuesto, como todo el que cocina, algo de alabanza.

No hay nada que más placer le produzca a quien hace cualquier cosa, que ser alabado por ello. ¿Acaso alguien puede llegar a pensar que el soldado que se lanza contra el enemigo en la batalla detesta la vida? Es el deseo de alabanza, de gloria lo que le hace enfrentarse al peligro. Lo mismo ocurre en todos los aspectos de la vida, tanto el cocinero, como el carpintero, el estudiante o el sacerdote, buscan hacer la mejor comida, la mejor mesa, el mejor examen o la salvación del mayor número de almas, pero lo que realmente buscan en el fondo de sus corazones es que les digan: ¡Qué exquisito manjar! ¡Qué formidable mesa! ¡Merece matrícula de honor! ¡Qué espléndido sermón! Y, a este propósito, dice Tulio:[2] "La honra cría artes".

Siempre habrá quien sin sentido elogio y falsamente nos diga que somos los mejores cocineros, carpinteros, estudiantes, sacerdotes, los más guapos e inteligentes. Siempre nos agradará más que si nos dicen lo contrario, aunque sea la verdad, por mucho que seamos conscientes que nos están mintiendo y critiquemos, lo falso que es fulano o zutano.

Pido clemencia al lector, por si no se ven reflejadas fielmente las palabras. Busco complacer el deseo de saber de mis hazañas, no iniciando la historia ni por el medio ni por el final, sino por el principio de mis días, esperando que quien lo lea tenga una visión completa de mi persona. No fui hombre a quien la fortuna le favoreció, más bien al contrario, siempre hube de remar a contra corriente, aunque al final terminé llegando a buen puerto, por mucho que algunos piensen que merezco azotes o galeras.

---

[2] Marco Tulio Cicerón, fue un jurista, político, filósofo, escritor, y orador romano. Es considerado uno de los más grandes retóricos y estilistas de la prosa en latín de la República romana.

Tratado Primero

Donde cuenta Lázaro su vida y sus peripecias con el ciego

Sepa quién lo leyese, que a mí me llaman Lázaro de Tormes,[3] y aunque a nadie le importe, por no ser persona de relevancia, debo señalar que soy hijo de Tomé González y de Antonia Pérez, ambos nacidos Tejares, una aldea cercana a Salamanca.

Nací en un molino[4] de harina que por entonces existía en la ribera del rio Tormes, por lo que puedo decir sin faltar a la verdad que nací en el mismo río. No es de extrañar que terminase siendo el río quien me bautizó y diese apodo. Mi padre —que Dios guarde en su seno y si es su deseo le perdone —trabajó en el mencionado molino,

[3] Muy importante esta puntualización: A mí me llaman Lázaro "de" Tormes, como un modo de aparentar ser noble. Como obra erasmista que es, recuerda el consejo que da Nestorio a Harpalo: "No uses vestidos de lana, sino de seda o, por lo menos, fustán. Y por supuesto, no permitas que te llamen Harpalo de Comense, sino Harpalo de Como, porque es lo que corresponde a los nobles...

[4] En el original: Aceña

durante más de quince años y más hubiese trabajado de no ser por su confianza. Mas ahora vamos a mi nacimiento. Aquella noche mí madre quiso pasarla con mi padre en el molino, estando yo a punto de nacer, que no pillándole de improviso se arriesgaron más de lo debido. Sabido es por todos que las aguas se buscan y en sintonía con las aguas del Tormes, mi madre rompió las propias en el mismo molino, sin dar tiempo a avisar ni a comadronas ni a parteras. Mi atribulado padre entre costal y costal ayudó a mi madre en el recibimiento. Hecho que fue muy comentado y que terminó dándome mote.

Dicen que la confianza mata y la desconfianza encarcela, como así sucedió a mi pobre padre. Pensó equivocadamente que un poco de grano que tomase de cada costal no se notaría, y sin embargó muchos pocos se convertían en mucho, que siempre se dijo que grano a grano se hace un granero. Confiaba en su maña y, tanta era su confianza, que cada día cogía un poco más trigo. La gente no es ciega ni necia y siempre está vigilante cuando piensa que le pueden tocar la bolsa. Cuando lo poco va en aumento lo que mengua a la vista se ve, y en la romana se pesa. Fue acusado, no sin razón de sangrar los costales y por evitar males mayores confesó su culpa. Necio hubiese sido negar las evidencias, por lo cual fue conducido a prisión. Espero en Dios que está en la gloria, pues el Evangelio los llama bienaventurados,[5] hasta que por entonces se preparó una expedición contra los turcos y mi padre se marchó a la misma como mulero[6] de un caballero, muriendo junto a su señor en el famoso desastre de los Gelves,[7] quedándome yo huérfano con tan solo ocho años. Si yo quedé huérfano, mi madre quedó viuda sin un hombre que cuidase de ella ni trajese el jornal a casa.

Sin medios en Tejares, decidió arrimarse a los buenos[8] para, con el tiempo ser uno de ellos. Así emprendimos el camino a Salamanca, donde con pocos medios, alquiló una casa. Siendo Salamanca ciudad universitaria, encontró el modo de ganarse la vida haciendo lo que

---

[5] Bienaventurados los perseguidos por causa de la justicia, porque de ellos es el Reino de los Cielos. Realmente parodia el Evangelio, porque el padre de Lázaro es perseguido por ladrón.

[6] En el original: acemilero, encargado de cuidar las mulas del amo. "Acémila", equivale a mula.

[7] Bien puede referirse a la Batalla de los Gelves (1510) o la Expedición de Los Gelves(1520)

[8] Un refrán dice: "Arrímate a los buenos y serás uno de ellos".

mejor sabía: guisar y dar de comer a estudiantes. No daba para mucho y pronto también se dedicó a lavar la ropa de los mozos que trabajaban en las caballerizas del Comendador de la Magdalena,[9] por lo que eran frecuente sus visitas a las mismas. Es allí donde conoció a un hombre moreno,[10] de nombre Zaire, que era el encargado de cuidar a los animales que se encontraban en el establo. Él le hacía reír y olvidar a mi desdichado padre. Tanto fue, que en no pocas ocasiones venía por las noches a nuestra casa y se marchaba por la mañana. Otros días, llegaba de mañana y con la excusa de querer comprar huevos, comenzaba con la conversación[11] y terminaba durmiendo en mi casa. Debo decir que a mí al principio me daba miedo, tanto por el oscuro color de su cara, que nunca había visto en mi corta existencia antes, como por su mal semblante, que sin embargo no se correspondía con su cariñosa manera de comportarse, tanto con mi madre como conmigo. Con el tiempo me fui acostumbrando a su presencia e incluso deseándola, entre otros motivos, porque siempre traía algo para comer que mejoraba sustancialmente la mesa y de vez en cuando alguna golosina. Durante los fríos inviernos de Salamanca traía leña para calentarnos —por el interés te quiero Andrés — Así fue como llegué a quererle como un hijo quiere a su padre y como no recordaba haber querido al mío.

Con el tiempo, como suele ocurrir, de tanto compartir posada y mantel, terminamos viviendo en la casa del comendador, donde mi padrastro tenía la suya. De esta relación mi madre me trajo un hermanito, negrito como su padre, con el que yo disfrutaba y daba saltos de alegría.

---

[9] Caballero d miembro de Orden Militar responsable del archivo de la misma. En este caso correspondiente a la de La Magdalena, perteneciente a un iglesia de Salamanca que fue de la Orden de Alcántara.

[10] Negro.

[11] El autor juega con el doble significado de "conversación", que era también como se designaba al amancebamiento. En aquellos tiempos el amancebamiento era legal, salvo que uno de los amancebados estuviese casado o fuese de otra religión, cosa que sucedía con el padrastro de Lázaro, que era un esclavo musulmán. Todavía hoy, en La Mancha, se dice "hablan" cuando una pareja comienza su relación: "fulano habla con fulana".

Pero el pobre, la misma sensación que había tenido yo al conocer a Zaide, tenía él hacía su padre, viendo que tanto mi madre como yo éramos blancos, y, su padre más negro que el cieno, tanto como él mismo. Le tenía miedo. Por mucho que mi padrastro intentaba hacerle entrar en razón y mostrarle cuan iguales eran, no lo lograba, y el negrito al verle, asustado, gritaba:

—¡Madre, coco!

—¡Hideputa![12] —Respondía él riendo.

Y yo, aunque todavía un niño, pensaba:

—¿Cuántos debe de haber en el mundo que huyen de otros porque no se ven a sí mismos?

Nunca los jornales que pagan los amos dan para comer sin pasar hambre y la oportunidad hace al ladrón, sin que con ello en mi casa

[12] Entonces esa palabra no estaba mal vista.

nunca llegase a sobrar ni un mendrugo de pan, ni sisando, ni con mi padre ni tampoco con mi padrastro. Fue así como la suerte del pobre Zaide, fue pareja a la de mi padre natural, y a oídos del mayoral llegó la relación. Echando en falta mantas y aparejos de los caballos de las cuadras, al tiempo que veía como aumentaba el consumo de cebadas y piensos, mientras que mantas, sábanas y delantales, decía que se perdían. Aunque lo hacía con tiento, tanto va el cántaro a la fuente que se termina rompiendo. El mayoral se puso a investigar y tirando del hilo encontró el ovillo y pudo comprobar que cuando mi padre no tenía otra cosa de la que echar mano, esclavo del amor por mi madre y de la necesidad de alimentarnos, hasta las herraduras quitaba a los caballos. No debiera sorprendernos esto cuando otros que tiene la vida con riquezas regaladas, comendadores, clérigos o frailes o arciprestes, no tienen miramientos, que unos hurtan para casa y otros para sus devotas[13]y solo por avaricia, sin necesidad, sisan sin contemplaciones, lo mismo al pobre que al rico. ¿Qué no ha de hacer un esclavo del amor porque su mujer y sus hijos no pasen hambre?

[13] Quiere decir que lo que recogen para sus conventos en realidad es para sus "devotas", sus amantes e hijos ilegítimos. Tanto en La Celestina como en El Lazarillo, es una constante la referencia a los frailes y clérigos de todo tipo que o tenían amantes o buscaban el servicio de alcahuetas o prostitutas; pero también la convivencia con ellas, véase capítulo final de El Lazarillo.

Para su desgracia y la nuestra todo quedó probado. Con amenazas, a mí me preguntaron y yo, que era un niño, con miedo confesé todo lo que sabía y más, dando detalles hasta de las herraduras robadas que por mandato de mi madre vendía a un herrero. Así terminó mi vida en familia, mi padrastro fue condenado a sufrir cien latigazos, expuesto a escarnio público.

No contentos con los azotes le pringaron, daba autentica angustia contemplar cómo sobre las heridas de los azotes derramaban pringue hirviendo para que el dolor fuese más intenso. Mientras que a mi madre le condenaron a la misma pena de cien latigazos por haberse emparejado con un hombre de otra religión, además de prohibirle acercarse a casa del comendador.

Por miedo a que la cosa fuese a mayores y pudiese terminar echando la soga al caldero,[14] mi padrastro cumplió la sentencia y la separación con gran tristeza por su parte y con mucho pesar de mi madre y nosotros al otro extremo de Salamanca, a servir en el mesón de La Solana.[15] Donde con más penas que glorias fui creciendo junto a mi hermano. Mi madre no podía encargarse de mi crianza, entre el trabajo y mi hermano no daba abasto, así que yo puedo decir que me crie solo. No era mi dieta variada ni mucho menos abundante, que, si dijese que me hartaba, el demonio me llevaría a al infierno por mentir y echaba de menos aquellos alimentos que Zaide nos regalaba de las cocinas del comendador. En el mesón de la Solana realizaba para los huéspedes pequeños encargos ya fuese para ir a comprar vino, velas, pan y rara vez queso, que no eran de muy alta cuna los mismos y andaban con la faldriquera más seca que magra, siempre algo me daban por mis labores, siendo servicial haciendo todo lo que me mandaban, como ya digo no pasaba hambre, pero tampoco engordaba.

---

[14] A Zaire, le echaron pringue de tocino derretido para que le doliese más y como ofensa contra la religión del condenado. La ley fijaba la condena en cien latigazos y pérdida de sueldo temporal. Sin embargo cuando se trataba de esclavos moros o negros, les derretían pringue de cerdo, por considerar los musulmanes impuro al mismo. A su madre la condenaron a cien azotes y la expulsión de la casa del comendador. Podría haber sido mucho peor, el cohabitar con un hombre de otra religión se consideraba incesto y herejía. Para que la cosa no fuese a mayores, y terminase por "echar la soga al caldero", la frase puede significar ahorcado, sin embargo la ley condenaba al esclavo a ser quemado, después de los latigazos y la pringue.

[15] Se dice, que en realidad no estaba en el otro extremo, sino donde se encuentra en ayuntamiento de Salamanca.

Aunque no era mucho el beneficio sacaba con ello me conformaba, siendo que, aunque en ocasiones protestaba, ya hubiese querido yo que lo que me deparaba el futuro hubiese tenido algún parecido a aquellos años.

En esas circunstancias estábamos cuando llego al mesón un ciego que necesitaba criado, fijándose en mí para que fuese su sirviente y así adiestrar[16] a mi nuevo amo y a mí él en la escuela de la vida, no teniendo oficio ni beneficio, mi madre aceptó de buen grado, alabando a mi progenitor como un gran hombre que murió defendiendo la fe de Dios. Segura de que era lo mejor para mí y pidiéndole al ciego que me tratase bien ya que yo era huérfano.

No es necesario decir que el ciego así lo prometió y juró y puso a Dios por testigo y a todos los santos apóstoles, hasta el punto que mi madre creyó que su hijo marchaba con un santo eremita que tarde o temprano subiría a los altares por su virtud. Así pues, me marché con él con mi madre convencida de que me trataría más que como criado como si fuese su propio hijo y entre lágrimas de mi madre y pucheros míos y de mi hermanito, me entregó a él.

Así comencé mi andadura siendo los ojos y el bastón de aquel viejo ciego que era mi nuevo amo. No estuvimos muchos días en Salamanca, ya que las ganancias cada vez menguaban más, así que el ciego pronto decidió que debíamos marcharnos a otro lugar donde el oficio fuese más rentable. Naturalmente antes de irme de la ciudad del Tormes fui a despedirme de mi madre, la cual me dio su bendición entre lágrimas, que compartimos, sabiendo que ya nunca volveríamos a vernos.

— Intenta portarte bien que con un buen amo te he colocado, a partir de ahora debes aprender cuanto te enseñe para valerte por ti mismo.

---

[16] No solo se refiere a ser instruido, sino que era normal que llevase al ciego cogido con la diestra, es decir con la mano derecha. Aquí también juega con ironía, es un ciego quien le hace ver la luz, quien lo adiestra en la carrera de la vida, mientras que él sirve de destrón o mozo de ciego.

Las enseñanzas de mi amo pronto comenzaron, antes de salir de Salamanca, nada más cruzar el puente de salida de la ciudad. Donde se encuentra una estatua que tiene una forma parecida a un toro, aunque muchos dirán que es un verraco, habrá quien diga que es un marrano.

Allí recibí mi primera lección, que por mucho que viva nunca olvidaré, siendo digna de mención por ser mi segundo bautizo.

—Lázaro, hijo mío, acerca tu oreja al oído de ese toro y podrás escuchar un gran ruido en su interior. —me dijo señalándome al animal de piedra.

Ingenuo de mí, con la inocencia de mis pocos años, arrimé mi cabeza a la del verraco intentando escuchar aquel estruendo que esperaba, como cuando arrimas la oreja a una caracola y crees escuchar el ruido del mar, pero el ruido que escuché fue el de mi cabeza chocar con fuerza contra la cabeza del animal de piedra. Fue tal el golpe que me dio contra el mismo que más de tres días me duró el dolor.

—Necio. El criado de un ciego debe ser más listo que el mismo diablo —dijo riéndose de mí el malvado ciego.

En aquel instante, de una sola zancada, creí que cruzaba el Tormes de una orilla a otra, desde la ingenuidad infantil a la realidad de la vida, comenzando mi carrera universitaria sin tocar un libro a fuerza de coscorrones. Sabiendo que las siguientes lecciones no serían menos dolorosas y que debía ser avispado porque el golpe dado contra el toro de piedra no era nada comparado con los que me habría de dar la vida. El ciego, como todo maestro, viéndome que andaba dispuesto

a aprender, aunque solo fuese por evitar cabezazos, se alegraba mucho y poniéndose en pose como profesor de Salamanca me decía:
—Yo no te puedo dar oro ni plata, mas consejos para vivir son muchos los que te daré.

Y así fue como después de Dios, este ciego, dio luz a mi vida y me enseñó todo lo que en una universidad no hubiese aprendido, sacando la carrera de la vida con matrícula de honor. No siendo necesario decir que desde que Dios creó el mundo haya habido un ciego que sea más astuto y sabio en su oficio. Sabía más de cien oraciones, que rezaba con tono melódico y firme, que hacía girar la cabeza a los devotos de las iglesias donde rezaban las mentadas oraciones. Su rostro humilde, devoto y sereno que ponía cuando oraba, sin hacer gestos ni con la boca, ni los ojos, le daban un aspecto de santidad que le producían grandes rendimientos económicos y pena y remordimientos entre los feligreses que le escuchaban y no echaban.

Mi maestro, tenía mil formas y maneras de ganar dinero: Decía saber oraciones para curar casi todos los males, para las mujeres que no podían tener hijos, para las que estaban de parto, para las malcasadas, para ser bien amadas por sus maridos e incluso era capaz de aventurarse a adivinar el sexo de los bebés que vendrían al mundo. Sabia, o más bien decía saber de todo. Ni el mejor médico, según él, sabía la mitad que él, para los dolores de muela, o cualquier mal, y sin miedo, se aventuraba a dar consejo sobre cualquier materia, siempre a largo plazo, seguro que cuando el remedio debiera actuar, él estaría tan lejos que nadie le iría a buscar: "*Tomad está hierba, haced esto u esto otro.*"

Hablaba con tal seguridad, demostrando conocer todas las propiedades de las hierbas medicinales, que siendo ciego parecía ser él quien mejor vista tenía para aconsejar y acertar en la diana. Estos consejos no los daba de balde, aunque no pusiese precio, sabía manejar las palabras con tal habilidad, que raro era aquel o más bien aquella que no fuese generoso a la hora de darle limosna, eran pocos los hombres, aunque alguno hubiese que lo hiciese, pero con las mujeres era un maestro, hasta el punto que eran ellas quienes parecían las ciegas y no él. Tal era su labia embaucadora que ganaba más en un mes, que cien ciegos en un año.

Leyendo esto más de un criado me tendría envidia y desearía buscar el modo de quitarme del servicio de mi amo, pensando que si el amo gana tanto, el criado ganaría de acuerdo a ello y comerá ricos manjares. No se llamen a engaño, que por mucho que nos diesen hermosos panes y sabrosas longanizas, era tal su avaricia, que en mi vida vi cosa igual. No exagero ni un ápice si digo que me mataba de hambre y de ella hubiese muerto de no haber seguido su consejo, aprendiendo de sus maldades. Siempre busqué la forma y manera de llevar a mi boca la mayor cantidad de comida y a ser posible lo mejor, errando tantas veces como acertando.

Guardaba mi amo la comida que le daban en un talego de tela dura, pan, queso, longanizas o tocino, el cual cerraba con una argolla de hierro, con su candado y su llave. Resultando imposible abrir o sacar ni una migaja de pan, por lo cual yo me conformaba con lo poco que él me daba, siempre con avaricia, tal que antes de comenzar a saborear ya no me quedaba nada. Aunque pidiese y rogase no iba a conseguir nada, fingía estar satisfecho con las sobras que me daba para darle confianza. Mi madre que fue diestra con la aguja fue mi solución, así que, aprovechando mis conocimientos con hilo y aguja, encontré el modo de comer más y mejor sin que el avaro de mi amo, confiado en el candado, lo echase en falta. Cuando él andaba descuidado, yo descosía el talego lo suficiente para sacar los mejores torreznos,[17] longanizas, queso y pan, para una vez terminado el festín volver a coser hasta el último pespunte sin que se notase.

Mucho confiaba yo en mi habilidad, y siempre el maestro sabe más que el alumno, por muy aventajado que este sea. Procuraba sisar todo lo que podía, y me procuraba medias blancas y cuando a mi amo le mandaban rezar, de las blancas que le daban procuraba yo hacer el trueque de ellas[18] —dando por seguro que al ser ciego no se daría

[17] Pedazo de tocino frito.

[18] La blanca era una moneda de vellón castellana, de origen medieval valorada en cinco dineros novenes (blanca cinquén) o, lo que es igual, medio maravedí. Lázaro se metía monedas de media blanca en la boca y como era

cuenta —Pese a su falta de vista, bien que tenía desarrollado el oído y el tacto y al llegar el momento de recoger las monedas siempre se quejaba.

— ¿Qué diablos ocurre, que desde que estás conmigo me dan la mitad de lo que antes recibía? A buen seguro que en ti está el problema.

No siempre terminaba las oraciones por las que le pagaban, una vez comenzada la oración y recibida la limosna, en no pocas ocasiones quien pagaba se marchaba. Como él no lo podía saber al ser ciego, me adiestró para que estuviese pendiente y sin llamar la atención le estirase del extremo de la capucha, cosa que yo rápido realizaba, porque así llegaban nuevas ganancias, tanto para él como para mí, que ya me las apañaba yo para antes de que él escuchase el sonido de la moneda al caer, cogerla yo en el aire, si se me presentaba la ocasión. Mi boca se convirtió en una magnifica faldriquera. En el momento que yo le estiraba de la capucha de inmediato comenzaba a vender a voces su mercancía de oraciones varias:

— Oraciones para el mal de ojo, para el buen casamiento, oración de la emparedada…

Pero también todo tipo de remedios para que pariesen varón y no hembra o remedios de belleza para las feas, prometiendo remedios para lograr aquello que la naturaleza no les dio, pero siempre todo a largo plazo, prometiendo resultados milagrosos con sus mejunjes, era tal su persuasión, que algunas ya se veían más bellas casi antes de usar sus ungüentos.

A la hora de comer, gustaba el ciego de hacerlo con vino, a mí también me gustaba, acostumbrado en el mesón de La Solana. No me estaba tan buena la comida si no lo hacía con unos buenos tragos de vino; aunque era tan poca la que llegaba a mis tripas, que la engullía más que la comía sin saborearla siquiera.

---

costumbre besar la moneda que daban de limosna, él aprovechaba la ocasión para de cada blanca que recibía cambiarla por monedas de media blanca; pero el ciego no era sordo ni tonto.

El muy mezquino no me daba la ocasión de catarlo, lo reservaba solo para él. Se servía el vino en una jarrilla de barro y lo dejaba, al principio entre los dos, yo rápido y en silencio de vez en cuando me tomaba mis buenos tragos, dándole un par de besos callados;[19] pero el muy ladino lo notaba y mantenía agarrada la jarrilla sin soltarla ni un instante. Por lo cual nuevamente hube de espabilarme. Tuve a bien coger una paja larga de centeno, la cual metía en la jarra y chupaba, procurando estar atento que no me pillará en la acción.

Con su buen oído pronto se dio cuenta de la estratagema, sin decir nada, desde ese momento se colocaba la jarra entre sus piernas tapándola con la mano. Más no cejé en mi empeño y me moría de ganas por ello, sabiendo que resultaba inútil la estratagema de la paja ideé otra. Realicé un minúsculo agujero a la jarra en su parte inferior, en el cual coloqué una bolita de cera para taparlo, con la excusa del frío que hacía, siendo que la lumbre la acaparaba él, yo me arrimaba entre sus piernas debajo de la jarra, con el calor del fuego la cera se derretía, yo procuraba que ni una sola gota se perdiese, cuando él empinaba la jarra no quedaba ni una gotilla. Esta circunstancia escapaba a su conocimiento y maldecía el suceso al jarro, al diablo y al vino.

—Yo no sé nada, que bien agarrado y tapado tenéis el jarro. —Le decía yo con voz candorosa, haciéndome el inocente, seguro de que le podía engañar fácilmente, pero sabe más el diablo por viejo que por diablo y así fue.

Por mucho que usase oraciones y hablase de espíritus y encantamientos, no creía en ellos y siempre buscaba y utilizaba la lógica para sí, como el mejor de los filósofos atenienses, y no iba a ser yo, alumno aventajado, quien le diese lecciones a él. Y buscando, buscando, encontró el agujero. Como siempre, dispuesto a dar lecciones, con gran maestría lo disimuló y fingió no enterarse para

[19] Besos callados, procurando no hacer ruido.

darme la próxima lección de manera magistral, como la hacen los buenos maestros, para que no se olvidase en todos los días de mi vida.

Fue al día siguiente, mientras yo disfrutaba con deleite de las gotillas que mi paladar saboreaba, mirando hacia el cielo, con los ojos cerrados para así disfrutar con mayor placer de aquel buen vino que alegraba mi mísera comida. Mi amo vio la ocasión para vengarse de mi estratagema. Levantó el jarro, fingiendo que iba a beber, bajándolo con toda su fuerza y golpeándome en la boca con tal fuerza que se rompió contra mis dientes —sin parte de ellos me quedé —clavándose trozos de la jarra en mi cara. Durante mucho tiempo hubo de curarme las heridas, más los dientes no recuperé y si algún cariño tenía para él, para siempre lo perdí. Por mucho que mi corazón quisiese perdonarle me resultaba imposible, pues el cruel ciego sin motivo ni razón me regalaba golpes recordándomelo, e incluso cuando me curaba con vino las heridas del jarrazo se burlaba, notándosele más placer que arrepentimiento, haciendo chanza de mi desgracia, sin que yo le encontrase la gracia por ningún lado.

— ¿Qué te parece, Lázaro? Lo que te enfermó te sana y da salud y a buen seguro te dará vida.[20]

Era tal el empeño que ponía en golpearme, que no disimulaba ni cuidaba, ni con la presencia de gentes, y, si alguno preguntaba el motivo, el cuento del jarro lo utilizaba de recurrente chascarrillo para justificarse, comparándome a mí con el demonio y a él con el brazo justiciero de Dios:

— ¿Creen ustedes que este zagal, es sólo un muchachito inocente? Pues escuchen, escuchen y vean si ustedes piensan si lo que hace no es inspiración del mismo diablo…

Cuando terminaba la historia, le reían la broma y animaban a continuar dándome golpes como único modo de enderezar el árbol joven que crece torcido. Aderezaba de tal modo la historia que al final terminaban santiguándose y dándole la razón toda aquella persona que le escuchaba:

— Castigadle, castigadle, que Dios os dará su recompensa.

Desde entonces tanto mi mente como mi imaginación no descansaban ni un instante buscando idear alguna estratagema para vengarme. Buscaba la ocasión y el momento más adecuado para mis intereses y así librarme de él. Si mis ojos eran los suyos, aunque yo me fastidiase, le llevaba por los peores caminos, por los charcos más profundos, si había piedras por ellas andaba, hubiese perdido con gusto un ojo si con ello le dañaba los suyos.

No es que le engañase, pues él tenía gran entendimiento y por

[20] Lázaro se ganaría la vida vendiendo vino.

mucho que yo le jurase que no lo hacía por malicia ni le guiaba por los peores caminos, no me creía, pero no quedándole otro remedio lo aceptaba por no tener de ningún modo ocasión de comprobarlo.

Al salir de Salamanca, iniciamos el camino que debía llevarnos a Toledo, porque según él, era la gente más rica que había, aunque no fuese muy amiga de dar limosnas, pero siendo amigo de dichos y refranes, repetía: "*más da el duro que el desnudo*". Así que emprendimos el camino que nos llevaría a ciudad imperial, parando en los mejores lugares, donde él sabía que tendría buena acogida y ganancias, aunque en alguna ocasión se equivocaba y en esos raros casos que esto ocurría, antes de tres días cogíamos camino el camino de San Juan[21] hacía otro lugar.

Llegamos así a Almorox,[22] un pueblo cercano a Toledo, en tiempos de vendimia. Un cosechero viendo nuestra estampa: un ciego y un escuálido muchacho. Se compareció de nosotros y le dio, a modo de limosna, un hermoso racimo de uva, de la que iban en los cestos maltratados,[23] que de madura que estaba se desgranaba en la mano.

No pudiendo guardar el racimo en el talego, se hubiese convertido en mosto, sin llegar a vino, echando a perder lo que en él llevaba, tuvo

[21] Diversos refranes hablaban de cambiar de lugar, casa o criado el día de San Juan, como propicio para ello.

[22] Partido judicial de Escalona(Toledo)

[23] Golpeados.

a bien que nos sentásemos a comérnoslo en armonía, a modo de disculpa, porque en aquel día me había dado más golpes de lo que era en él habitual, que no eran pocos ya de normal. Así que nos sentamos en una pared de piedra a la sombra de una encina y me dijo:
—Muchacho quiero demostrarte mi bondad. Deseo que los dos comamos las uvas de este racimo en igualdad, comiendo tú tantas uvas como coma yo. Como no hay forma de partirlo, lo haremos de la siguiente manera: Tú cogerás un grano y yo otro y así nos iremos turnando, siempre que me prometas no tomar cada vez más de una uva. Yo haré lo mismo y de esta manera no habrá engaño. Y así comenzamos los dos, cogía él una uva y yo otra, respetando las reglas, yo pendiente de sus dedos. Pronto pude comprobar que él cogía de dos en dos, fui prudente; pero no por mucho tiempo ya que él continuaba cogiendo uvas a pares. Dando por sentado que yo estaba obligado a hacer lo mismo, entusiasmado, pronto aumenté la ración y lo mismo cogía de dos en dos que de tres en tres para igualar las que antes se me adelanto. Terminado el racimo estuvo con el escobajo[24] en la mano como sospesándolo y moviendo la cabeza dijo:
—Lázaro me has engañado. Juro por Dios que tú has comido las uvas de tres a tres.
—No he comido nada más que lo pactado, –contesté yo— ¿Por qué sospecháis eso?
— ¿Sabes por qué sé que las comiste tres a tres? Que comía yo dos a dos y tú callabas.

Me contestó el muy astuto ciego, ante su razonamiento no me quedó más remedio que callar por su acertada deducción, riéndome para mí.

De Almorox pasamos a Escalona, donde tomamos posada de balde…[25] en casa de un zapatero que nos dio cobijo a cambió de inútiles consejos. Cierto día de mucho sol, andábamos a la sombra de los soportales, donde había muchas cuerdas y utensilios de esparto colgados de las vigas, tropezando la cabeza de mi amo con ellas, no siendo de su agrado el tropiezo, tocó con las manos para ver de qué se trataba, llevándose luego la mano al cuello me dijo:
—Salgamos rápido de aquí, de entre tan malos manjares, que ahogan sin necesidad de comerlos.

---

[24] Raspa que queda del racimo después de quitarle las uvas.

[25] Gratis.

Yo, que iba distraído en otros menesteres, pensando más en manjares reales que en otras cuestiones de orcas, cuando miré lo que era, al darme cuenta que sogas, capachos y cinchas no eran cosas de comer le pregunté:

—Tío, ¿cómo dice usted eso?

A lo cual me respondió él a modo de sentencia premonitoria:

—Calla, sobrino; según la carrera que llevas, te darás cuenta que lo que digo es tan verdad como que estamos aquí ahora mismo.

Intrigado por la sentencia, que parecería una condena, caminamos hasta llegar a la puerta de un mesón, donde a ambos lados de la puerta había cuernos para atar los arrieros sus animales. Era a ese mesón a dónde íbamos para que él rezase la oración de la emparedada, antes de entrar agarró un cuerno lanzando un gran suspiro al tiempo que decía:

— ¡Oh, mala cosa eres y peor tienes la forma! Cuántos desean poner tu nombre sobre cabeza ajena y que pocos desean tener sobre la propia la corona, ni tan siquiera quieren oír tu nombre, de ninguna de las maneras.

Sus sentencias no siempre las comprendía a la primera, y aunque pareciese tonto, terminaba haciendo lo que él quería, preguntarle para que a mi costa hiciese chanza.

—Tío, ¿qué es eso que dice usted?

Con el cuerno bien agarrado, como si quisiese con ello reafirmar sus palabras, dijo:

—Calla, sobrino, que algún día te dará este, que tengo en mano, alguna mala comida y cena.[26]

—No lo comeré —dije —y por tanto no me la dará.

—Yo te digo siempre la verdad; si vives habrás de ver en que poco me llego a equivocar en aquello que te digo; pero tranquilo, que duelen al salir; pero al final ayudan a comer…

Debó reconocer que, si bien nunca creí en las profecías, aquel ciego bien podía haberse ganado en muchas ocasiones la vida mejor que Jonás. Sin ver se metía en el interior de la mente de las personas, conociendo de antemano lo que en su interior había, sin necesidad de estar en el vientre de la ballena. Era tal su conocimiento del comportamiento humano, que en ocasiones con escuchar a su futura víctima una sola vez ya sabía cómo iba actuar o si iba a dar limosna o no, y, en ocasiones hasta la cantidad, ahorrándose un tiempo

[26] Con claridad le profetiza que terminará siendo cornudo.

precioso si sabía que no iba a secar nada del negocio. Así me lo profetizó y como sabrá vuestra merced más adelante, en poco se equivocó.

Llegamos por fin al mesón donde hubiese rogado a Dio, no llegar nunca, por lo que me sucedió después. Allí rezó por las mesoneras, bodegueras, turroneras y rameras. Era muy dado a la oración por semejantes mujercillas, que por hombre casi nunca imploró al Altísimo.[27] Le dieron una longaniza para que la asase. Siendo que ya habíamos quedado los dos solos, me dio una longaniza para que la asase pinchada en un palo. Llegándome hasta mí el delicioso olor con el que me debería de conformar; pues para mí no le habían dado y si se lo daban se lo quedaba. Cuando estaba a medio asar la estrujó entre el pan para que se quedase impregnado de la pringue[28] y estuviese después más jugoso. Como no tenía vino, metió la mano en la faldriquera para sacar una moneda, mandándome a la taberna a comprar. Mientras yo estaba pendiente de la longaniza que había dejado apartada para darme el dinero y comenzaba a estar asada; fue cuando el demonio puso la tentación delante de mis ojos. Viendo un nabo seco que había junto a la hoguera, mientras que él hurgaba en la bolsa, rápido como una centella,[29] saqué la longaniza del asador y en su lugar coloqué el nabo. Sabedor de que nadie nos podía ver, ya que estábamos solos.

[27] Este párrafo aparece en la edición de Alcalá. Siempre las mujeres han sido más devotas que los hombres y también más generosas y temerosas.

[28] Grasa que suelta la longaniza o chorizo.

[29] Rayo, se usa vulgarmente referido al de poca intensidad; pero también a persona o cosa muy veloz, como un rayo o centella.

Cuando fui a por vino, él continuó asando y dándole vueltas al nabo que de seco no había servido ni para cocido, por malo. En el camino me comí la longaniza, y cuando regresé junto al ciego, este tenía, entre dos rebanadas de pan pringadas, apretando el nabo, que todavía no había probado, ni con la boca ni con la mano, esperando el vino para comenzar el camino. Cuando tal acción fue realizar se encontró con la sequedad del nabo, siendo que esperaba la sabrosa longaniza, lo cual le enfureció sobremanera.

— ¿Qué es esto, Lazarillo?

—¡Desdichado de mí! —Dije yo — ¿Cómo queréis echarme la culpa de algo? ¿Acaso no vengo de traer el vino? Alguien ha estado aquí y le ha gastado una broma.

—No, no —dijo él—que yo no he dejado el asador de la mano ni un momento; es imposible. Nadie podría haberlo hecho.

De nuevo hube de jurar de estar libre de aquel trueque, mas no era fácil engañar al ciego, sin ver, nada se le escapaba ni se le podía esconder. Su astucia con creces sustituía la vista que le faltaba. Se levantó furioso y me agarró del pescuezo para olerme el aliento y como si fuese un podenco, me agarró los labios abriéndome la boca y metiendo su larga y afilada nariz, que con el enojo; para mí que le había crecido, olisqueando mi aliento, como suele hacer un buen perro de caza y tocándome con su punta la misma campanilla. Todo fue una, la longaniza que no había terminado su camino hasta el estómago y su asquerosa nariz en mi paladar, casi ahogándome, provocó tales nauseas, que antes de que el ciego sacase sus luengas napias de mi boca, la longaniza regresó a su legítimo dueño, saliendo la misma y su trompa a un tiempo de mi boca.

¡Oh, Dios todopoderoso! Hubiese deseado, en aquella mala hora, estar sepultado, porque muerto ya me veía.

Fue tal la rabia que se desató, que no diré que estaba ciego por la ira, porque no veía. Pero sí poseído por Satanás y toda su corte, que con mi vida hubiese acabado de no ser por los gritos que di. Cuando me arrancaron de sus zarpas, me había dejado la cara y el cuello como si fuesen campos recién labrados y mi cabeza sin los cuatro cabellos que me quedaban.

A quienes llegaron en mi auxilio narraba mis travesuras, parecía que, con la gracia, que yo no encontraba en modo alguno en ninguna de sus palabras. Añadiendo siempre algún detalle de su cosecha que me humillaba aún más, tanto por falso como exagerado, donde yo quedaba como un mal nacido, un simple, malvado y necio. Siendo la risa de todos tan grande que todo aquel que le escuchaba hacía corro alrededor y siempre daba ganancias y lástima, al mismo tiempo, al ciego. Aunque yo llorase o fuese maltratado, nadie salía en mi defensa, que como gracia era humillado o recibía los golpes como un bufón de comedia, solo para provocar la risa y dar beneficios al espectáculo. Desde entonces, siempre pensé que de las desgracias o las injusticias nunca nadie debiera reírse.

Fueron muchas las veces que lamenté mi cobardía y flojedad por no haber cerrado la boca y con mis dientes haberle dejado sin narices, con medio camino hecho, sabiendo que eran de un malvado, a buen seguro que habrían hecho mejor asiento que la longaniza en mi estómago, sin que hubiese lugar a demanda por no aparecer el cuerpo del delito.[30] Ojalá hubiese tenido el valor de hacerlo.

Con el vino que le traje para beber, me lavaron la cara y la garganta, sobre lo cual el malvado ciego también hacía su gracia para gozo de los presentes:

—La verdad, es que me gasto más vino con este mozo en lavatorios, al cabo del año que yo bebo en dos. Le debes más al vino que a tu padre, porque él una vez te engendró, mas el vino mil veces te ha dado la vida.

Y de nuevo repetía, las veces que me había descalabrado, y las todavía más veces que con el vino me curase, y los motivos que le habían llevado a ello, para entre risas terminar con esta sentencia:

—Yo te digo que, si un hombre en el mundo ha de ser bienaventurado por el vino, ese serás tú.

Cada momento que pasaba estaba más convencido que debía dejarle, en muchas ocasiones había pensado e ideado, el modo y el

---

[30] Las narices del ciego.

momento, pero mi falta de determinación me había impedido dar el paso. Este suceso fue definitivo, ya no estaba dispuesto a soportar más humillaciones, aunque niño y desamparado quedase. Por mal que me fuese nunca sería peor que estar al lado de aquel ciego que tanto de la vida y las personas me enseñó.

A los pocos días salimos por la villa a pedir limosna, después de haber estado toda la noche lloviendo a cántaros. Por el día continuaba lloviendo de manera suave; pero constante, así que andábamos con sus oraciones debajo de los soportales para evitar mojarnos, y con la gente metida en sus casas sin salir, y si salía, lo hacía corriendo, sin entretenerse a escuchar rezos. Enojado por la falta de misericordia de las gentes, presagiando que la lluvia no iría a menos sino por el contrario iría a más, me dijo:

—Lázaro, esta lluvia cada momento que pasa es más insistente y conforme se acerqué la noche más fuerte lloverá. Dejemos por hoy la faena y vayamos a la posada al calor de la lumbre.

Para ir a la posada debíamos de pasar por un arroyo que se había formado provocado por la lluvia. Viendo por fin mi oportunidad de venganza, no lo dudé ni un momento y sin ningún remordimiento ni propósito de enmienda le dije:

—Tío, el arroyo es muy ancho. Si queréis, yo veo por donde atravesarlo más fácilmente, sin apenas mojarnos. Porque por allí se estrecha mucho, y saltando pasaremos a pie enjuto.[31]

—Eres muy prudente; por esto te quiero bien. Llévame a ese lugar por donde el arroyo se estrecha, que estamos en invierno y sienta mal el agua, y más llevar los pies mojados.

Le llevé derecho a una columna de piedra, de las que sostenían los voladizos de aquellas casas de Escalona y le dije:

[31] Seco.

—Tío, este es el paso más estrecho, por dónde menos agua pasa, apenas hay que saltar un poco.

Como la lluvia comenzaba a caer con fuerza y se estaba calando hasta los huesos, con la prisa que llevábamos de escapar de la que nos caía encima, y lo principal, porque Dios le cegó en aquella hora el entendimiento y no supo adivinar mi venganza, me creyó y me dijo:

—Ponme bien derecho, y salta tú primero el arroyo.

Y así lo hice, le coloqué bien derecho, enfrente del pilar de un soportal. Procuré que aquellas narices que me hicieron tirar la longaniza quedasen más chatas que el hocico de un gato. Dando un salto me coloqué en el lado opuesto del mismo animándole a que saltase.

— ¡Vamos! Salte todo lo que pueda a esta orilla del arroyo.

Apenas le había acabado de decir estas palabras, cuando con las prisas por no mojarse y dando unos pasos hacia atrás para tomar impulso necesario se abalanzó en una veloz carrera embistiendo como un toro bravo, con toda su fuerza, dando con la cabeza contra el duro pilar de piedra.

Sonó tan fuerte como si una gran calabaza se hubiese tirado desde lo alto de la torre de una iglesia. El pobre ciego rebotó y cayó de espaldas, medio muerto y con la cabeza como si fuese una sandía madura. Sé que puede parecer cruel e insensible mi acción, y mucho más, mi celebración de aquellos instantes, de la cual hoy me arrepiento; pero en esos momentos no pude menos que celebrar mi ocurrencia con alegría; pero juro por Dios y la Virgen que bien cara fue mi penitencia.

— ¿Cómo oliste la longaniza y no el poste? ¡Ole! ¡Ole! —Le dije yo con gran alegría.

Y lo deje allí tumbado boca arriba, con la gente que al ruido del choque acudía a socorrerle, mientras que yo sin entretenerme a comprobar si estaba vivo o muerto, sin dilación, salí corriendo como alma que persigue el diablo, buscando la puerta de la villa, antes de que nadie viniese tras de mí. Salí de la ciudad, con idea de nunca más regresar, ni intención de saber más de aquel malvado ciego.

En mi defensa he de decir que son muchos los días que le recuerdo y que las enseñanzas que me dio me han sido muy útiles a lo largo de la vida, posiblemente fue mi mejor maestro y de no haberle conocido no habría llegado a ser lo que soy ahora. No supe ni quise saber nada de él, nunca después tampoco me preocupé por saber. Fue tal mi ligereza por huir de él que antes de caer la noche llegue a Torrijos.

Tratado Segundo

El hambre como compañera fiel junto al clérigo

Tan solo un día permanecí en Torrijos. No creí que fuese lugar seguro por ser ciudad donde habitualmente hay mercado y acuden gentes de otros pueblos que podrían reconocerme, y marché al día siguiente a un pueblo con un hermoso castillo de nombre Maqueda. En un sitio y otro vivía de lo que me daban las buenas gentes, ofreciendo más de las cien oraciones que el ciego me enseñase. Fue así, como un mal día me encontré con un sacerdote, por lo que pasé con él, parece como si Dios me lo hubiese mandado para que pagase la penitencia por todos mis pecados habidos y por haber.

Al escucharme recitar las oraciones devotamente, me preguntó que si yo sabría ayudar en misa. Viéndole tan lustroso creí ver el cielo abierto, y que mis hambres pretéritas pasarían al olvido, al lado de aquel que yo pensaba mi salvador.

Al instante le dije que sí, y no mentía, que de tanto como me enseñó aquel malvado ciego, en lo que más ahínco puso era en el rezo de oraciones en las iglesias. Aprendí todos los rituales que fuesen precisos para llegar al corazón de las personas piadosas, sobre todo a las pecadoras, más dispuestas a dar limosnas para ganarse un rincón en el cielo. A buen seguro, que ni monaguillos ni sacristanes me igualarían en el oficio. Ignoraba que había escapado de la sartén para caer directamente en las brasas.

A pesar de ser el ciego la viva imagen de la avaricia, era un Alejandro Magno[32] comparado con este sacerdote. No es necesario por tanto decir más, en su persona se juntaban todas las miserias y avaricias. No sé si eran de nacimiento o iban incorporadas con su hábito de sacerdote.[33]

En su casa tenía un viejo baúl, cerrado con una llave, que siempre llevaba atada a la sotana con un cordón de cuero. En aquel baúl guardaba el pan, que no había otra cosa para comer en toda la casa, ni tocino, ni queso ni ninguna otra cosa, ni en la chimenea, ni tampoco en la alhacena.

Me contrarió mucho esta circunstancia, no ya por no comerlo, que, acostumbrado con el ciego a ver y no catar, tenía asumido, que solo con pan duro me habría de alimentar; pero si lo hubiese visto, me hubiese sentido mucho mejor; aunque solo fuese por la esperanza de algún día poder comerlo.

En toda la casa, en la cámara[34] de la parte alta de la casa, había colgada una orca de cebollas; la cámara —Como no podía haber sido de otro modo — también estaba cerrada con llave. Como gesto de magnificencia hacia mi persona, estaba autorizado a comer una cebolla cada cuatro días. Si se daba la circunstancia de que yo le pidiese la llave habiendo personas presentes, se desataba la llave con ademán ceremonioso, regañando con gesto que pretendía ser bondadoso, y tras entregármela me decía:

—Toma, toma, pero tráela enseguida, que si no harás otra cosa que golosinear.

---

[32] El ciego comparado con el clérigo, muy generoso.

[33] La bocamanga del hábito sacerdotal era muy estrecha, como signo de limpieza de conciencia. Entonces hablar de manga estrecha equivalía a lo que ahora sería puño cerrado.

[34] Piso superior de las casas castellanas.

Eso lo decía como si en la cámara se guardasen los más ricos manjares, las mejores conservas de Valencia, y me diese la llave para que me sirviese a placer; pero allí no había otra cosa que una triste horca de cebollas colgadas de un oxidado clavo del techo. Además, las tenía tan bien contadas, que al instante lo hubiese notado, de haberme permitido la licencia de coger alguna extra. Así que el hambre, fiel compañera de mis días desde que naciera en aquel viejo molino del rio Tormes no me habría abandonar y este clérigo parecía que iba a ser quien rezase mi último responso junto a mi sepultura.

Su poca caridad conmigo la remediaba con mucha para él. Pues con dos maravedís no tenía suficiente para pagar la carne que habitualmente comía y cenaba. En honor a la verdad debo admitir que partía el caldo conmigo, pero la carne, ni el olor me llegó, ni una sola vez la probé; quedándome como el blanco de los ojos, [35] consolándome con un poco de pan. El muy maldito me daba tan solo la mitad de lo que yo necesitaba.

Es costumbre en estas tierras el comer cabeza de cordero al horno, siendo muy aficionado mi nuevo amo a ellas. Me mandó comprar una que costaba tres maravedís. La cocía y se comía los ojos, la lengua, los sesos y la carne de las quijadas y cuando ya la tenía bien roída, como si fuese un perro, me lo daba en un plato diciendo:

—Toma, come y triunfa, que para ti es el mundo. Es una comida digna de un rey. Que Dios te conserve la vida que llevas.

---

[35] Sin comer nada.

Y se quedaba tan a gusto. Él, satisfecho, y además con la conciencia bien tranquila, ya que parecía que la había compartido conmigo cristianamente, cuando de roída que estaba, hasta sus dientes quedaba marcados en los huesos de las quijadas.

— ¡Qué Dios te dé lo que tú me das a mí! —pensaba yo.

Cuando llevaba tres semanas con él, ni mis piernas me sostenían, a buen seguro que debía de pasar dos veces por el mismo lugar para hacer sombra, de flaco que estaba. La ropa con la que me conoció parecía que se la había robado a un difunto de ancha que me estaba, a pesar de que con el ciego ya pasaba bastante hambre.

Me veía sin lugar a dudas en la sepultura y ahí hubiese ido rápido, de no haber llegado en mi auxilio Dios, comparecido de tanta penitencia, trajo a mi cabeza el ingenio necesario.

Al contrario que con el ciego, no había cosa en la que le pudiese engañar, pues nada había que le pudiese robar, ni talega que pudiese descoser, ni vino que pudiese beber.

Además, no podía escapar a su vista, ni cegarle, que como al ciego, que en paz descanse, si de aquel golpe murió; aunque fuese muy astuto, al faltarle lo más preciado, que es la vista, era fácil darle el quiebro; pero éste parecía tener ojos hasta en el cogote. Nadie tenía tanta vista ni tan buena, y si te miraba a los ojos parecía como si adivinase tus pensamientos, adelantándose a ellos. Resulta triste; pero con aquel sacerdote me costaba tomar decisiones, convencido de que me descubriría en un santiamén, de ahí que fuese tan grande mi miedo a los infiernos, con lo que me solía regalar los oídos, dándome sentencias que infundían pavor. Me hablaba de las consecuencias de los siete pecados capitales, de las llamas del infierno por cualquiera de ellos, siendo que al menos el de la gula no lo podía yo tener en aquella casa.

Cuando durante la misa pasaba la cestilla no había moneda que echasen en la canastilla que no controlase. Le bailaban los ojos de manera extraordinaria, como si tuviesen azogue. Tenía tan controlados a los feligreses como a mis manos por igual; sin que por ello perdiese el hilo de la liturgia.

Nunca me mandaba a recados donde pudiese sisar,[36] ni a la taberna, ni al mercado, hasta el punto que casi olvidé el sabor del vino. El poco que le sobraba de la ofrenda, lo guardaba bajo llave, y le duraba toda la semana. Nunca pude cogerle una blanca y menos un maravedí, durante todo el tiempo que viví a su lado o más bien morí.

[36] Hurtar.

—Nosotros los sacerdotes debemos ser moderados en el comer y en el beber, por eso yo no me desmando como hacen otros. —Decía para esconder su mezquindad, que él bien lustroso y gordo que estaba. Mas el muy avaro mentía como un bellaco, cuando íbamos a convites o velatorios, donde los familiares pagaban comida y bebida, un lobo no hubiese comido de igual manera ni un saludador[37] hubiese bebido con tal ansia.

Que Dios me perdone, pues nunca quise mal a nadie, pero todos los días rezaba para que alguien muriese, pues era en los funerales donde realmente me hartaba de comer y beber, además bien, buenos cocidos, con sus chorizos y morcillas, huesos de espinazos, pan tierno y otros manjares de esta tierra, que según la época ponían en la mesa para ayudar a los familiares a sobrellevar su dolor.

Así que cuando íbamos a las casas a dar el sacramento, más si era la extremaunción, cuando el sacerdote mandaba rezar a los presentes, yo no era el último en comenzar mis rezos, y buscaba en mi corazón la forma de pedirle al Señor sin ofenderle, que, el moribundo, no continuase viviendo en este valle de lágrimas. Que terminasen sus sufrimientos y se lo llevase de este mundo cruel. Y cuando uno escapaba, que Dios me perdone, yo le daba mis bendiciones al diablo para que se lo llevase al infierno. Sin embargo, cuando moría le bendecía en la misma medida para que Dios lo acogiese bondadosamente y le hiciese un hueco a su lado. Sin mentir, puedo asegurar que nadie lo hubiese hecho tan fervorosamente como lo hacía yo. Mala dicha la mía, que en seis meses que pasé allí, tan solo murieron veinte. Los días de enterramientos eran días de empacho, no acostumbrado a tanto, en ocasiones me sentaba mal y tal como entraba salía. Mucho peor me

[37] Saludador: "salud-dador". Curandero que se creía que tenía propiedades curativas en el aliento o la saliva. Cuanto más bebían más propiedades tenía el efecto de su aliento. Y como como se daba la circunstancia de que era el último recurso, se aprovechaban al máximo.

sentaba los días sucesivos, que de haber disfrutado tantas y ricas delicias, saboreando hasta el dulce sabor de los mazapanes, pasaba a ignorar todo lo disfrutado, comido y bebido, convirtiéndoseme en obsesión los manjares y el vino saboreado. Tanto como rezaba para que otros llegasen a la sepultura, rezaba para ir yo a ella, viendo que iba a pasar muchos días en blanco hasta que la gracia de Nuestro Señor, viéndome desfallecer y desear mi propia muerte se llevará a su seno algún infeliz, ya fuese al paraíso o al infierno, según decidiese, que a mí no me importaba gran cosa, pues sabía que por unas horas se acabarían mis penas y estaría casi en el paraíso, para después por muchos días regresar al infierno del hambre sin pasar por el purgatorio. [38] Tenía motivos para la desesperanza y muchas ocasiones pensé en abandonar a amo tan mezquino, que con creces superaba al primero. —Que Dios le perdone, tanto a él como a mí —Si no cogí las de Villadiego fueron por dos razones, la primera mi falta de peso, tan escuálido estaba, que no confiaba que mis piernas fuesen capaces de sostenerme en el viaje hasta el siguiente pueblo, que si el ciego me tenía muerto de hambre, este otro me llevaba camino de la sepultura sin remisión alguna, si de uno escapé buscando solución, con el segundo lo que encontré fue un problema mucho mayor.

¿Y si dejaba a éste y daba con otro peor? ¿No sería caminar posiblemente hacía una muerte segura? Con estas cavilaciones me andaba, pensando que no habría sitio en el cielo para mí, pues era pecador. Aunque obligado por el hambre, no creo que me aceptase San Pedro en su seno. Más bien iría a acompañar al ciego en al infierno, si del coscorrón hubiese fenecido y entonces seguro que no escapaba de su venganza.

Con todo esto no me atrevía a dar un paso más del necesario, pensando lógicamente que paso que diese sería para bajar un escalón más, aunque fuese difícil encontrar amos más ruines, a buen seguro que los habría y yo moriría sin que nadie recordase que había pasado por este mundo, que, de tan flaco, ni sombra hacía. Dios aprieta, pero no ahoga y está obligado a ayudar a los verdaderos cristianos y viendo que iba de mal en peor, me mandó un ángel en forma de calderero,

---

[38] El final de la Edad Media, se produzco una gran falta de Fe, por la gran hambruna sufrida por el pueblo, mientras los estamentos religiosos y nobles continuaban sus privilegios de siempre.

seguramente enviado por Dios,[39] apenado por mí sufrir. Por fin había escuchado mi lastimera suplica e intentaba darme una oportunidad, por no quererme ni en su seno ni en la caldera de Satanás.

Quiso mi fortuna que diese la casualidad de que mi amo marchase por un día a Toledo, cuando paso aquel ángel suyo y llamó a mi puerta, y al abrirle vi el cielo abierto y el mismo Dios iluminó mi ingenio.

—Buen hombre, gracias a Dios que ha llegado hasta mí, de lo contrario me vería muerto —le dije.

—Nunca creí que en arreglar un caldero o un puchero fuese la vida de alguien en ello —me contestó.

Viéndome así, con cara de lástima, tan delgado de pura hambre, se ofreció a ayudarme y yo no habría de dejar pasar la oportunidad, que las ocasiones las pintan calvas y mis tripas como la piel de las botas ya tocaban pez con pez.[40]

—Usted lo podría arreglar, y no estaría haciendo nada malo —dije en voz baja, no porque nadie pudiese oírme, sino porque no había tiempo suficiente para poder gastarlo en frases ingeniosas, inspirado por el Espíritu Santo —señor, he perdido la llave que llevaba colgada en el cuello y me temo, con razón, que mi amo me azote sin piedad.[41] Por vuestra vida, mirad a ver si alguna de las llaves que lleváis ajusta a la cerradura.

Comenzó a probar el ángel calderero una y otra llave del gran manojo que de ellas llevaba, ayudándole yo con mis pobres oraciones, cuando de repente, cuando menos lo esperaba, vi la cara de Dios, dentro del baúl abierto, y no tomó su nombre en vano, pues es sabido

---

[39] En todo momento, Lázaro considera a Dios como una utilidad, una ayuda que en cualquier momento le podría echar una mano.

[40] Parte interior de las botas de vino, tocan pez con pez cuando no tienen nada.

[41] Los amos tenían potestad para azotar a sus criados.

que el pan es el cuerpo de Nuestro Señor, fue tal mi alegría, que le dije:
No tengo dinero para pagarle por la llave, pero coja de ahí el pago.

Afortunadamente fue prudente, por pena cogió tan solo un bodigo,[42] el que mejor le pareció y más tierno estaba. Miedo me dio, y no poco, de que quisiese coger más y mi amo los tuviese contados y notase su falta. Sin importarme que cogiese el más tierno, sabiendo que mi amo siempre iba dejándolo para el último. Yo acostumbrado a migajas no iba a quejarme por lo duro que estuviese, aunque me faltasen la mitad de los dientes, por culpa del suceso del jarro de vino estrellado en mi cara por el malvado ciego, que con buena hambre no hay pan duro ni para un mellado como yo. Él se marchó contento después de darme la llave, y yo mucho más me quedé. Yo para que no notase la falta, corté un poco del ya comenzado por el clérigo.

[42] Panecillo de los que ofrecen en las iglesias como ofrenda.

Me fui acostumbrando a aquellos pequeños hurtos de panecillos. A medida que mi estómago recibía alimento, iba creciendo, así como mi hambre, y no veía el instante de que mi amo se marchase para poder abrir el arca y contemplar mi paraíso panal, besándolos y casi sin atreverme a darle bocado, terminaba cogiendo alguno que en un santiamén desaparecía de mis manos como por arte de magia. Bien convencido estaba de que por fin de esos momentos y los sucesivos iban a remediar mi hambre para siempre.

Poco dura la alegría en casa del pobre, dicen por estas tierras, y así debe ser.

A mitad de noche me levanté acuciado por el hambre y me encuentro a mi amo sacando los panes del arca, para de nuevo ir metiéndolos de uno en uno, contándolos y recontándolos. Mientras yo escondido rezaba a Dios y todos los santos, todas las oraciones con la misma petición:

— ¡Dios mío, ciégale! ¡San Juan,[43] ciégale! —Y así todo el santoral.

Terminado el enésimo recuento, cerró el baúl y comenzó a echar cuentas con los dedos, contando días y panes, para al final decir:

—Si no tuviera a tan buen recaudo esta arca, yo diría que me faltan panes; no quiero sospechar, y de hoy en adelante llevaré bien la cuenta de los que quedan, meto y saco, quedan nueve y un pedazo.

— ¡Nuevas malas te dé Dios! —Le maldije para mí.

Regresé al jergón abatido como si la saeta de un cazador me hubiese atravesado el corazón, y cuanto más pensaba él en lo sucedido, más pensaba yo en los panes y más hambre me entraba devorándome las entrañas, viéndolos tan redondos y blancos, cual hostia consagrada notaba deshacerse en mi paladar, de tanta hambre que me entraba sabiendo que ya no tendría oportunidad de volver catar

[43] San Juan es patrón de los criados.

aquel pan, aunque pudiese a abrir el cajón. Al día siguiente abrí el arca, sin atreverme a probarlos siquiera. También quise contarlos, aunque estaba seguro que estaban bien contados y recontados y a lo más que me atreví fue a cortar del pedazo una rebanada que de fina que era se transparentaba.

Así pase aquel día agobiado por el hambre y por la pena, rogando a Dios con mil plegarias de ciego, que del mismo modo que me había mandado un ángel en forma de calderero, me mandase otro; aunque fuese en forma de diablo. Y Dios siempre misericordioso me ayudó a cavilar, aunque tal vez fuese el hambre quien azuzase me ingenio.

—Este arcón es muy viejo y grande, además está roto por algunos lados, por donde podrían entrar ratones y comer pan; pero claro no podrán sacarlo entero, como es natural, porque entonces el malvado clérigo notaría la falta y me pillaría de inmediato. Y eso, no puede ni debe ocurrir, porque lo necesito para vivir, que nadie puede saber lo que se sufre cuando las tripas te piden yantar y tú no tienes nada que echarles.

Como estaba convencido de que él estaba seguro de tener el pan a buen recaudo, cogí tres o cuatro de los panes y unos trozos los comía y otros los desmigaba sobre unos manteles de poco valor que allí tenía. Cuando llego la hora de comer, y abrió el arca vio los destrozos causados. Convencido de que eran ratones, porque para ello me había encargado de realizar mi faena con esmero, dejando los panes como ellos suelen hacerlo. Miró el baúl de cabo a rabo, sin dejar nada al azar, encontrando ciertos agujeros, por los que al momento supuso que habían entrado los ratones. A gritos me llamó, diciéndome:

—Lázaro, Lázaro, mira qué cosa tan terrible le ha sucedido a nuestro pan esta noche, mira, mira…

Llamaba el muy ladino "*nuestro pan*", cuando él se tragaba el pan y a mí me dejaba solo las migajas. Yo, como era de esperar; habiendo aprendido a aguantar la risa con el ciego, muy grave, fingiendo sorpresa le pregunté qué cosa había podido causar tal desastre.

—Ratones. ¿Qué otra cosa podría ser? —Dijo. —Se meten por todos lados.

Mi travesura me salió mucho mejor de lo esperado, —gracias a Dios —comenzamos a comer, y en lugar de darme el trozo miserable que normalmente me daba, me dio todas las partes que pensaba que los ratones habían masticado, diciéndome:

—Come, come. El ratón es un animal muy limpio.

Apenas habíamos terminado de comer —que, gracias a mis manos y a mis uñas, podía decir eso, pues normalmente nunca comenzaba —cuando le vi caminando de un lado a otro, quitando clavos de las paredes y buscando trozos de madera con los que tapar el arcón, terminando por remendar concienzudamente el mismo, sin dejar el más pequeño resquicio. Cada vez que tapaba un agujero cerraba la llave de mi felicidad y abría la puerta a mi pesar y mis problemas. Tanto trabajo y empeño solo me había servido para una comida, al menos no había sido necesario que muriese nadie, ni tan siquiera el ratón. Viéndole tan atareado dije para mí:

— ¡Oh, Señor! Lo que es una vida llena de miseria, de ensayos y de mala suerte. Qué cortos son los placeres de esta vida tan dura que nos ha tocado vivir.

Una vez terminada su labor de carpintero, mientras que solo yo escuchaba mis lamentos, dijo:

—A partir de ahora, malditos ratones traicioneros, marchar a medrar en otra casa, que aquí lo vais a tener difícil.

Tan pronto como se marchó fui a ver su obra, dándome cuenta que ni tan siquiera el más pequeño de los mosquitos podía atravesar su laboriosa reforma. Aun así, abrí con mi ya inútil llave el arcón y de algunos panes empezados por los ratones, saqué algún provecho, aunque tan mínimo que de ninguna manera calmó mi pena ni mucho menos mi hambre, sabiendo que era hambre para hoy y más para mañana. Mi amo se volvió más cuidadoso y no pasaba día sin que abriese el baúl varias veces y repasase bien sus paredes por si observaba alguna rendija.

Dicen que el hambre despierta el ingenio y yo tenía a espuertas Día y noche estuve cavilando la forma en que a partir de aquel momento me las habría de ingeniar para que el responso de mi funeral no fuese el próximo que diese clérigo. Así fue como el hambre iluminó mis desvelos nocturnos con el ingenio necesario, que ya había comenzado a llegar y planear durante toda la tarde sin resultados.

Me preparé un cuchillo, aprovechando que mi amo dormía, por sus ronquidos y resoplidos no me quedaba duda. En el lugar que vi la madera más débil, con sumo cuidado abrí un agujero sin mucha dificultad en la madera, que de pura vieja estaba medio carcomida y se deshacía ante la cuchilla.

Después abrí el arcón y obré de igual modo que los ratones. Quedando satisfecho lo cerré y volví al catre, ya con mis tripas en silencio y tranquilas, tanto que incluso puedo asegurar que llegué a dormir un rato, aunque no muy bien, pensando que sin duda era porque no había comido lo suficiente, porque no creo que me quitasen el sueño los problemas del Rey de Francia.[44]

Al día siguiente, mi amo, cuando se dio cuenta del daño causado comenzó a jurar y a maldecir a los ratones:

— ¿Cómo es posible si en esta casa no habido nunca ratones?

A buen seguro que no se equivocaba en nada, pues es sabido que los ratones nunca se quedan en aquellas casas donde no hay nada para comer. Se puso a mirar por todos lados, de nuevo buscó maderas y tapó el agujero. En cuanto llegó la noche allí estaba yo, con mi cuchillo dispuesto, y lo que tapaba él por el día, abría yo por la noche. Así estuvimos unos días, de ahí es de donde viene el dicho: Cuando una puerta se cierra, otra se abre y por la rendija entra la luz.

Parecía estábamos haciendo el trabajo de Penélope porque todo lo que tejía de día yo, destejía por la noche, sin que ninguno de los dos esperásemos a Ulises. Y después de unos días y noches teníamos el baúl como la despensa de los pobres, en ruina total. No quedaba rastro de la madera original y de tantas chapas, clavos y tachuelas que tenía, parecía la armadura de un caballero. Al final se convenció que sus esfuerzos no daban resultado y dijo casi las mismas palabras que yo había pensado que diría:

---

[44] La batalla de Pavía tuvo lugar el 24 de febrero de 1525, en la ciudad de Pavía, entre el ejército francés al mando del rey Francisco I y las tropas imperiales españolas del emperador Carlos I, con victoria de estas últimas. 2 de agosto de 1525. Prisionero de los españoles, Francisco I fue llevado a Madrid, quedando prisionero. El rey francés, escribió una carta a su madre expresándole su desgracia: "De todo, no me ha quedado más que el honor y la vida, que está salva". Creo que sin duda, esta cita debería resolver en cierto modo una incógnita, sobre en qué periodo transcurre la acción del Lazarillo, o tal vez no, ya que escribe mucho después. Sin embargo, si se toma la Expedición de lo Gelves (1520) como la real, concuerda mejor la historia, tendría Lázaro cuando vive con el clérigo 13 años y 26 cuando se celebran Cortes en Toledo en 1538.

—Este baúl está tan maltratado y es de madera tan vieja y delgada, que cualquier ratón la franquea. Está en tal estado que si andamos más con él, nos no servirá para nada. Y lo que es lo peor, aunque hace poco apaño, menos hará si no está y comprar otro vale por lo menos tres o cuatro reales. Lo mejor es poner ratoneras para pillar a esos malditos ratones.

Sin dilación se puso a buscar una ratonera entre el vecindario, a los cuales también les pedía cortezas de queso, dándole buenos trozos, e incluso, uno muy generoso, llegó a darle un queso entero; aunque luego él ponía en la ratonera solo la corteza, lo suficiente gorda para que la pudiese al menos olerla el ratón.

Piense Vuestra Merced lo generoso que se mostraba con el rastrero ratón y lo poco esplendido que lo hacía con mi persona, porque debo decir que a mí no me dio ni para probarlo. Ello dio un nuevo alimento a mi escasa dieta y me alegró mucho, pues no eran muchas las oportunidades que tenía de probar el queso y siempre era de agradecer no comer solo pan con pan, que, aunque se diga que es comida de necios, más vale eso que nada; aunque no necesitase yo muchos lujos a la hora de comer, con cualquier cosa me conformaba. ¿Qué remedio me quedaba? Me comí aquellas cortezas y como si fuese un ratón pellizqué panes. Los días siguientes, al amanecer, eran un calco los unos de los otros, despertaba por las voces aireadas del clérigo muy sobresaltado, pues no llegaba a comprender como podía el ratón haberse comido el queso sin ser atrapado por la ratonera, un día y otro también. Hizo juramentos que no parecían propios de un sacerdote, aunque fuesen contra el diablo y los malditos ratones, benditos para mí.

Nuevamente acudió en auxilio de los vecinos, pues no encontraba explicación a lo sucedido. No era posible que el ratón no cayese ningún día en la trampa, comiéndose como se comía todos los días el queso, y el pan con más confianza, y aun así no quedar atrapado. Todos los vecinos coincidieron en que no podía ser un ratón quien causase tal problema, ya que era muy difícil que no quedase atrapado en ninguna ocasión. Hacían comprobaciones con un palo, y nunca fallaba el artefacto, lo cual les dejaba más perplejos. Fue entonces cuando un vecino dijo:

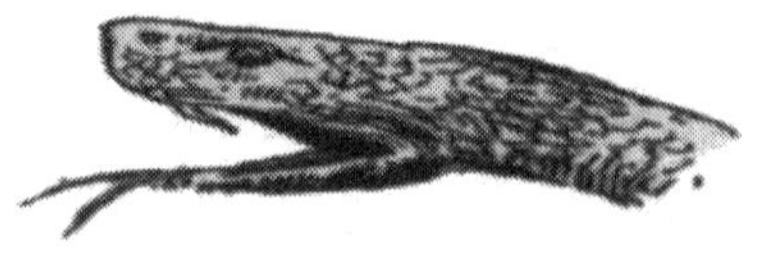

—Recuerdo que alrededor de su casa alguna vez se ha visto una culebra, debe ser la culpable. Seguro que es una culebra. Tiene bastante sentido, aunque salte la trampa. Como es tan larga tiene fuerza suficiente como para estirando poco a poco sacar la cabeza. Come pues a placer y cuando se sacia se marcha tan tranquila.

Como nadie encontraba una explicación mejor, todo el mundo dio por sentado de que se trataba de una culebra, para inquietar a mí amo que sentía repugnancia hacía dichos animales, y ahora hasta con precaución cogía el pan a la hora de comer, siendo mayor el trozo que me daba que cuando pensaba que eran ratones.

Ya no durmió tan tranquilo a pierna suelta, para mi desgracia cada dos por tres despertaba angustiado, con cada ruido que escuchase, por pequeño que fuese, pensando que se trataba de la culebra royendo el arca y con un garrote que tenía preparado junto a la almohada se levantaba y golpeaba fuertemente al baúl, esperando espantar a la culebra.

Era tal el estruendo que producía, que despertaba a todo el vecindario y a mí no me dejaba dormir.

En otras ocasiones levantaba las pajas de mi jergón y las revolvía si el ruido le había parecido escucharlo donde yo estaba o porque los vecinos le habían dicho que las culebras buscan lugares cálidos, que incluso llegaban a meterse en las cunas de los niños poniéndoles en peligro, llegando incluso a atacarles. La mayoría de las ocasiones yo me hacía el dormido y por las mañanas me preguntaba:

— ¿No has escuchado nada esta noche? Pues estuve toda la noche tras de ella y juraría que marchó hacía tu cama, pues siendo como son de sangre fría buscan el calor.

—Ruego a Dios que no me muerda, pues me causan auténtico terror. —Contestaba yo con la mayor frialdad que era capaz de fingir. Tanto empeño mostraba en capturar a la culebra como en no dejarme dormir por la noche. No me atrevía a acercarme ni tan siquiera a roer una migaja de pan, ni tan siquiera acercarme al arca.

Otra cosa era cuando de día marchaba a la iglesia o a la ciudad. Entonces "*el culebro*", se acercaba y con toda la tranquilidad del mundo tomaba lo que me apetecía.

Por mucho que me preguntase yo no sabía nada ni había escuchado nada. Cuando llegaba la noche se ponía como un basilisco a revolver Roma con Santiago intentando descubrir el enigma de la culebra silenciosa y rastrera.

A mí me preocupaba que de tanto buscar terminase encontrándome la llave; por lo cual me pareció mucho más seguro metérmela por la noche en la boca, algo que no me resultaba muy engorroso, pues durante el tiempo que viví al lado del ciego ya la usaba como bolsa, hasta el punto que llegue a tener hasta doce o quince maravedís en monedas de medias blancas, sin que me estorbasen para comer; porque de otra manera nunca hubiese sido dueño de una mísera blanca, sin que el maldito ciego no hubiese dado con ella, no dejaba costura ni remiendo que no buscase, de vez en cuando, con sus largos y huesudos dedos.

Así que todas las noches me guardaba la llave en la boca sin miedo a pudiese tropezar con ella. Mas cuando la desgracia ha de llegar, elijas el camino que elijas terminas por llegar a tu destino. Mis pecados, abusos y burlas, quisieron que Dios me dejase de lado, así una noche cuando me encontraba en los brazos de Morfeo, la llave cambio de posición en mi boca —que debía de tener abierta — colocándose de tal forma que, al soplar sobre el hueco de la misma, salía de ella un fuerte silbido similar al de una serpiente, llegando hasta los oídos de mi amo.

Con toda su fuerza descargo el garrote contra mí, con intención de matar a la bicha, y por poco me mata a mí, que bien me descalabro y dejo sin sentido.

Por suerte al parar el silbo pensó que le había dado de pleno a la culebra, pero luego pensando que me podía haber dado a mí —debería haberlo pensado antes —comenzó a llamarme por mi nombre, tratando despertarme. Cuando sus manos buscaron, al tiento, y notaron sangre, se dio cuenta de su gran error, fue entonces en busca de un candelabro de inmediato. Cuando regreso me encontró medio gimiendo, sin haber terminado de recuperarme, con la llave asomando por mi boca y silbando levemente al ser mí respirar muy débil.

Espantado el cazador de culebras, se fijó en la llave que salía de mi boca, la miró con detenimiento tras sacármela de la boca y al compararla con la suya pudo comprobar que coincidía y antes de ampararme marchó a probarla y al ver que abría el arcón, yo tenía todas las pruebas en mi contra y él debió de pensar:

—Al ratón y la culebra que me daban guerra y mi comían mi hacienda he hallado.

Nada puedo decir con certeza de lo que ocurrió en los tres días sucesivos por haber permanecido sin sentido, apartado del mundo como Jonás en el vientre de una ballena.[45] Todo esto que he contado se lo escuche decir a mi amo, que también relato con todo lujo de detalles a cuantos quisieron oírle. Cuando por fin volví en mí, me encontré tumbado en el jergón con mi cabeza vendada y llena de aceite y ungüentos, me asuste tanto que pensé estar muerto o cerca de estarlo, porque la cabeza parecía como fuese a estallar, tal era el dolor que sentía y viéndole dije:

— ¿Qué es esto?

El cruel clérigo respondió:

—Parece que por fin cacé los ratones y las culebras que me estaban arruinando, alégrate por ello.

Al momento pude adivinar todo, lo que había sucedido. Acto seguido entró una anciana que era sanadora junto con unos vecinos y comenzaron a quitarme los vendajes y a curarme los garrotazos. Al comprobar que yo ya había recuperado mis cinco sentidos se alegran rodos mucho y dijeron:

—Bueno, parece que ha recobrado sus sentidos. Gracias a Dios no debe ser muy grave.

Comenzaron a relatar de nuevo todo lo que me había pasado sin dejar de reír. Mientras yo — pobre pecador— lloraba desconsolado. No es todo lo malo que me dieron de comer, y aunque no me dieron lo suficiente, lo que me dieron me sirvió de consuelo y alivio a mis penas. Sin embargo, poco a poco, me fui recuperando y quince días más tarde ya estaba en condiciones de levantarme, fuera de peligro, poco más o menos curado, pero todavía con mucha hambre, pues los

[45] Jonás permaneció tres días y tres noches en el vientre de una ballena.

vecinos ahora le facilitaban la comida al clérigo para que me la diese en lugar de ser ellos quienes me la proporcionasen.

Al día siguiente de levantarme, mi amo me cogió de la mano y me llevó hasta la puerta y cuando ya estábamos en la calle me dijo:

—Lázaro, a partir de ahora no eres mi sirviente. Eres libre de hacer lo que te plazca, no te quiero en mi casa. Búscate otro amo que yo no quiero en mi compañía tan diligente servidor. Veté con Dios. Sólo es posible que hayas sido mozo de un ciego, que te compré quien no te conozca.

Se santiguó como si yo estuviese endemoniado, se metió dentro de su casa y cerró la puerta sin esperar respuesta, por supuesto que tampoco la disculpa que yo no estaba dispuesto a solicitar.

Tratado tercero

Al servicio del escudero, o cuando las apariencias engañan

No me quedó más remedio que sacar fuerzas de donde no las tenía, estaba sumamente débil y aunque mis piernas no soportasen gran peso, hasta andar me costaba. Con mis peripecias conocidas en Maqueda, poco o nada tenía que hacer allí. Aunque todos parecían comprenderme, mas conociendo sobradamente la condición del sacerdote, nadie estaba dispuesto a cogerme como sirviente, todos los amos, aunque se quejen de los torpes, prefieren necios y obedientes a diligentes y avispados. Y aunque siempre se dijo: *los consejos con dineros*. Todos estaban dispuestos a darme buenos consejos; pero nunca trabajo, y mucho menos dineros. Todos muy voluntariosos y deseosos de ayudarme o perderme de vista, me indicaron que lo mejor era marcharme a Toledo. Acordándome del ciego, que tenía la misma pretensión, aunque él asegurase que las gentes de Toledo no eran muy amigos de dar limosnas, siempre da más el rico que el desnudo. Aunque se me paso por la cabeza, que tal vez si no murió del golpe contra el poste, me lo podría encontrar. Estando convencido de que teniendo yo dos ojos y él ninguno, por mucho que oliese con su larga nariz, no me habría de reconocer. Así que hacia la magnífica ciudad de Toledo encaminé mis pasos. Allí, a los quince días, las heridas tenía curadas, y durante ese tiempo la gente me ayudaba y daba limosna o un plato de comida que en ocasiones habría echado a los perros o gatos, a cambio de oraciones o por lástima. Pero una vez que estuve curado, viéndome joven, me decían:

—Tú, haragán gallofero.[46] Busca trabajo, un amo a quien servir y deja de estar ocioso, o no serás bueno para nada en toda tu vida.

---

[46] Mendigo que busca que le den gallofas (mendrugo de pan alargado y esponjoso que se daba a los pobres).

Yo me preguntaba dónde estaba ese amo, dónde podía encontrarlo. La verdad es que lo necesitaba, y me recorría Toledo desde la Puerta del Sol, hasta la Puerta de la Bisagra, atravesando la ciudad al derecho y al revés, preguntando en la Plaza de Zocodover.

Desesperado indagaba a las salidas de las iglesias, por si pudiese ver alguien dispuesto. Recorrí todos los talleres de artesanos, orfebres, de armas, telares, las herrerías. Me metía con cara de pena buscando compasión y caridad. Escuchaba el ruido del martillo contra el yunque. Sin embargo, por mucho que buscase, nadie parecía necesitar mozo, ni tan siquiera a cambio del sustento. Todos estaban servidos, y si pedía limosna tanto me daba, la caridad parecía haberse subido al cielo de repente, y tampoco nadie llevaba ni media blanca de sobra. Llegue a la triste conclusión que ni rezando al Cristo de la Luz[47] parecía que fuese a cambiar mi suerte.

[47] Cristo que sustituyó a la virgen de la Luz en la Ermita del mismo nombre, y antigua mezquita árabe de mezquita de Bab al-Mardum, en el barrio de San Nicolás.

En estas andaba, cuando creí que Dios venía a verme, después de una noche en blanco,[48] cuando un caballero, bien vestido y mejor peinado, con andares de hidalgo, me llamo la atención

—Muchacho. ¿Buscas amo?

—Sí, señor. — Contesté.

—Pues sígueme —me respondió. —Que Dios ha sido generoso contigo y te ha puesto en mi camino. Seguro que alguna buena oración has rezado hoy.

—Todas —pensé yo.

Más contento que unas pascuas, dando gracias a Dios, por haberle puesto en mi camino, más que caminar saltaba cual gorrión tras las migajas de pan. Su aspecto era inmejorable, sus ropas se veían finas, se le notaba educado y tenía buen porte y maneras, propia de hidalgo de postín. Me veía yo como sirviente de un gran caballero, que con el tiempo me daría la oportunidad de serlo yo también. Como muchacho que era comenzaron a anidar pájaros en mi cabeza, si había sido capaz de aprender más de cien oraciones y ritos de memoria, si había sobrevivido a la ruin servidumbre y al hambre a la que me sometió el clérigo, no iba a ser menos al lado de un señor en cuya casa a buen seguro no faltaría de nada. Estando dispuesto a aprender, y con la cabeza abierta, del garrotazo del clérigo, pero también abierta a conocimientos me sentía dichoso de tal cambio de suerte en mi vida. Por fin el destino me sonreía y marchaba tras el caballero, dando saltos de contento que estaba.

Atravesamos la mayor parte de la ciudad, era todavía bien de mañana, nos encaminamos en dirección a la plaza de Santo Tomé donde vendían pan, carne y otros alimentos, la pasamos y la cruzamos mirando bien en todos puestos, sin que mostrase agrado nos encaminándonos hasta la plaza de Zocodover[49] donde vendían cosas más exquisitas. Esto me alegro, pensando para mí:

—Aquí no hay miseria, y a mi amo le gusta lo mejor, además no le debe gustar comprar de cualquier sitio, buscará lo más selecto y hará todas las compras a la vez.

---

[48] Sin cenar y sin dormir por el hambre.

[49] Principal plaza de Toledo. Fue el centro neurálgico de la ciudad durante la mayor parte de su historia, actuando como plaza mayor de la misma. Una parte de ella fue diseñada posteriormente por Juan de Herrera en tiempos del reinado de Felipe II.

Y me alegraba de mi suerte. Pero esta segunda plaza la pasamos sin apenas detenernos hasta llegar a la catedral, donde nos dieron más de las once. A todo esto, viendo tantos manjares expuestos en los mercados, mis tripas parecían una orquesta de cámara, que de no ser por el bullicio de tanta gente a buen seguro que habrían sonado como la más triste de las sinfonías.

En la catedral le vi rezar muy devotamente y escuchar misa y otros oficios con gran fervor, mirando ya fuese al cielo o pidiendo por sus pecados al suelo. No queriendo yo ser menos, demostré e imité al ciego, para que el nuevo amo viese que yo me sabía todos los credos, lo cual pareció agradarle enormemente, e intentó seguirme en mis rezos, él a mí en lugar de yo a él, no me imaginaba yo que esa habría de ser la muestra a seguir en otros muchos aspectos de mi vida junto a él. [50] Salimos de la iglesia y comenzamos a andar a paso ligero calle abajo con mucha alegría sin pensar que podía caer en el pozo de la amargura, me sentía muchacho más feliz del mundo y daba gracias a Dios con sincero sentimiento de

[50] Lázaro comienza a percibir la condición pobre de su amo. El desarrollo del personaje del escudero, según muchos, resulta novedoso hasta entonces. No existe un modelo anterior, se va formando libremente a través de sus hechos y palabras, como la mejor técnica novelística, desarrollada entre esperanzas y decepciones, Lázaro va dándose cuenta de la realidad del engaño, que lejos de enojarle, le provoca piedad hacía el escudero.

agradecimiento. Pensaba que cuando llegásemos a su casa ya tendríamos preparada la comida, tal y como yo deseaba y mucho más lo necesitaba.

Daba el reloj la una del mediodía cuando llegamos a la puerta de la casa, donde mi nuevo amo se detuvo, y yo con él. Apartando la capa hacía el lado izquierdo saco la llave de la manga, abriendo la puerta y entrando en la casa. Su entrada era lóbrega, muy oscura,[51] que daba miedo casi entrar en ella; aunque una vez dentro había un pequeño patio y habitaciones de buen tamaño; pero desmanteladas, sin muebles de ningún tipo, salvo una cama ruin y un colchón con escasa lana.

Una vez estuvimos dentro se quitó la capa y me preguntó si tenía las manos limpias, yo se las enseñe y le pareció que estaban lo suficientemente limpias para ayudarle a sacudirla y doblarla cuidadosamente. Después tras soplar en un poyo,[52] que había en la pared, la coloco allí. Terminado esto se sentó a su lado y me invito a mí a que hiciese lo propio. Con lo cansado que estaba de tanto andar lo agradecí sinceramente. No obstante, dudé si debía hacerlo, o si era una licencia que no debía tomarme; pero el nuevamente insistió.

—Muchacho, siéntate con confianza, que tenemos mucho qué hablar. No creas que yo tomó por sirviente a cualquiera que no reúna los méritos suficientes. Me senté y hecho esto comenzó un interrogatorio mucho más extenso de lo que yo hubiese deseado. Pregunto por mi lugar de nacimiento, padre, madre, vida, familia, amos anteriores y cómo y porque había decidido ir a Toledo. Hablé de mi todo cuanto él quiso saber, mucho más de lo que yo hubiese deseado, siendo precavido no obstante y ocultando cosas que me pudiesen perjudicar

[51] El autor ya nos va dando pistas

[52] Banco adosado a la pared.

más de lo imprescindible, y donde hubo faltas yo conté virtudes y callé en lo que pude.

Intentando ante todo ser breve, para así pasar pronto a lo que realmente me importaba, que era meter la cuchara en la olla.

Él me escuchaba con atención, exigiendo alguna explicación más precisa, ante lo que yo intentaba vaguear en datos.

Pensé que era muy inteligente, y que era capaz de leerme el pensamiento; pero permanecí en mis trece, intentando no contradecirme.

Terminado el interrogatorio, se quedó pensativo como si estuviese meditando todo lo escuchado de mi boca. Lo cual fue para mí muy mala señal, provocando que yo cavilase a su vez sobre dos temas: el primero de sí había cometido algún desliz en mis explicaciones y el segundo y más importante, que siendo ya casi las dos, mi amo parecía tener menos intención de comer que un muerto. En ningún momento le vi abrir la boca por bostezo, por aburrimiento o hambre.

Mientras que estábamos de conversación me llamo mucho la atención el no haber escuchado pasos por la casa. Pero también el no ver rastro de muebles, ni mesa, ni sillas, ni tan siquiera un triste baúl, como el que se encontraba en la casa del clérigo. Mis sospechas y preocupaciones iban en aumento a medida que pasaba el tiempo y no daba señales de tener intención de proponer que nos sentásemos a comer. Finalmente, cuando terminó sus cavilaciones, me miró fijamente, como si adivinase las ganas de comer que tenía, debiendo hacer grandes esfuerzos por no mostrar el hambre que sufría a esa hora tardía. Entonces llegó la ansiada pregunta:

—Muchacho, ¿has comido?

—No, no, señor —le contesté —. Cuando me encontré con usted todavía no eran las ocho de la mañana.

—Cierto es, más; no obstante, debo decirte que, aunque temprano, yo ya había desayunado. Cuando quedo satisfecho con el desayuno hasta la noche no pruebo bocado. Si has de convivir conmigo, es preciso que te acostumbres a mis hábitos. Pasa la tarde como puedas que después ya cenaremos lo que sea necesario.

Al escuchar estas palabras, dichas como si las dijese un filósofo de Atenas, pensé que iba a morir, no ya por el hambre que era mucha, sino por tomar conciencia de lo adversa de mi fortuna. De nuevo regresaban ante mis ojos los días y noches en blanco sin comer. Ingéniamelas con el ciego mal comía, con el clérigo algo pillaba y ahora con este nuevo amo... ¿De dónde iba a pillar si nada había? Por mucho que me las ingeniase, parecía que mi fortuna estaba echada, y faltaban todavía detalles por saber de la condición del caballero.[53] Recordé mi razonamiento cuando estaba pensando dejar al sacerdote, diciendo que, aunque fuese desventurado y tacaño, todavía podría encontrar a otro peor. Parecía que mis pensamientos de antaño se habían convertido en profecía del presente, y Dios me hacía pagar por mis pecados. Abatido lloré mi desventurada vida pasada y mi cercana muerte venidera. Disimulando lo mejor que supe, intentando que no se me notase mucho mi congoja, le dije:

—Señor, soy mozo que no me preocupa mucho el comer. ¡Bendito sea Dios! Puedo decir sin equivocarme nada, que, de todos mis iguales, algo que todos los amos han alabado, y tenido muy en cuenta, es mi falta de gula y lo prudente que siempre he sido con el alimento. Viéndome vuestra merced a primera vista lo podrá adivinar.

---

[53] El fraile Francisco de Osuna dice: "Entónense muy altos algunos, no mirando que tienen flaca voz: siendo escudero vive como caballero; y piensa mantener mucha honra con pocos dineros, y, en fin, es le necesario vivir pobremente.

—Gran virtud es ésa. —Dijo él —y por eso te querré mucho más. Porque el comer hasta hartar es de cerdos,[54] y el comer con regla y sin ansia, es de los hombres de bien. Donde mejor se demuestra la deposición para alcanzar los más altos honores.
— ¡Bien te he entendido! —Dije yo entre mí. — ¡Maldita tanta medicina y bondad! ¡Maldita toda la salud y virtud que estos amos que encuentro en el camino, que solo me lleva al hambre!
Me retiré al lado de la puerta y saqué unos trozos de pan que llevaba guardados en mi pobre camisa, de los que me habían sobrado del día anterior y que por Dios[55] me habían dado las buenas gentes. Él se dio cuenta y me llamó:
—Ven acá, mozo. ¿Qué comes?

Yo, que me las veía venir; no obstante, me acerqué, cuando debería haber salido corriendo, aunque fuese atravesando la puerta. Le mostré los tres trozos de pan que llevaba, los miró y sin recato cogió uno en sus manos, el más grande y mejor y como sopesándolo me dijo:
—Por mi vida, que parece éste buen pan.
—Si lo es, señor es muy bueno —le contesté yo.

[54] Dice también, Francisco de Osuna en la Sexta parte del Abecedario espiritual y Lazarillo de Tormes (Medina del Campo, 1554). Refiriéndose al escudero: "...el hombre holgazán, porque piensa que todos los deben servir a él, que de hidalgo no quiere hacer nada. Empero tal hidalguía los puercos la tienen, que en ningún trabajo se ocupan (...) puestos en necesidad, claro está que han de comer de los trabajos ajenos pues no tienen propios."

[55] Pordioseando, mendigando.

—Sí, que lo es. —Dijo él. — ¿De dónde lo has sacado? ¿Sabes si el panadero que lo ha amasado tenía las manos limpias?[56] Veamos a ver si es realmente bueno. —Y se lo puso en la boca y mordió, sin poner reparos a que lo había sacado de mi mugrienta camisa.[57] —Sí que lo es, por Dios sí que es bueno este pan. Sabroso, válgame Dios.

Y el pan que por Dios a mí me habían dado, él se lo comía entre alabanzas al Señor, con tanta ansia que contradecía sus palabras, reclamando manos limpias al panadero y no puniendo reparo a camisa sucia. Tal era su avidez, que me di prisa, pensando, que, si no lo hacía así, se comería el segundo trozo, y me dejaría a mí a mitad de comer; pues más que comer engullía como un pavo. Ya me dejó muy claro de que pie cojeaba.

—Dios bendiga a este pan, está delicioso.

— Tú habla, que yo muerdo —pensé para mí, y los dos emprendimos una carrera para ver que dientes eran más ligeros.

Aun así, terminamos al mismo tiempo; aunque yo ligero comencé con el segundo trozo, por si sentía la tentación de decirme que lo compartiésemos también. No fue así y comenzó a sacudirse las migajas que le habían caído por el pecho, con tal delicadeza, que parecía más dama que caballero, como queriendo demostrar su fingida nobleza. Después entro en una pequeña habitación y sacó una jarra con más desconchados que esmaltados. Después de beber me la ofreció, yo quise pasar por abstemio, negué y le dije, como si no me hubiese percatado del contenido:

—Señor, yo no bebo vino.

—Es agua —dijo. —Puedes beber tranquilo.

Entonces tomé la jarra y bebí. Pero no mucho, porque no tenía sensación de sed. No siendo ese mi problema, aunque de ser vino no le hubiese hecho ascos. Y fue así como pasamos el día, la tarde y hasta la noche, hablando de cosas que me preguntaba y que yo respondí lo mejor que supe. Luego me llevó a la habitación de donde había sacado la jarra y me dijo.

---

[56] El tema de la limpieza tiene un doble sentido, más en el caso de quien no tiene nada. La limpieza de sangre, era para muchos más importante que el comer. Tal vez la pregunta podría ser sobre las manos del panadero, algo imposible de saber y contestar, lo que si era saber, si era cristiano viejo, judío converso(los judíos ya habían sido expulsados) o morisco.

[57] Confirma el tipo de limpieza a la cual se refería y que enfrentaba a las clases sociales.

—Muchacho, te voy a enseñar a hacer la cama, de modo que de ahora en adelante seas capaz de hacerla por ti mismo.

Cada uno nos colocamos en un extremo y comenzamos a hacer aquella maldita cama. No es que hubiese mucho que hacer, porque tampoco se le podía llamar ni cama.

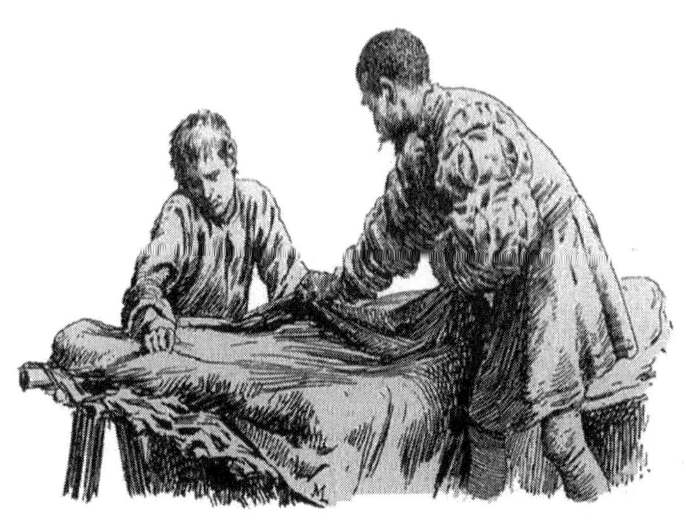

Sobre unos bancos de madera había colocado tiras de cañizo, sobre los mismos, un negro colchón, que parecía que nunca se hubiese lavado, y que de tan escaso estaba de lana parecía como si la hubiese ido vendiendo a madejas y ya no quedase nada más que la funda. Me explicó cómo mullir el colchón para que estuviese más blando y confortable; aunque al tocarle pensé que tal vez en otro tiempo se pudiese; pero ahora sin lana que ahuecar, pocos o ningún milagro se podía hacer. Después pude comprobar que de tan flaco que estaba el colchón, cada una de las cañas del cañizo se marcaba en él, pareciéndome la caja torácica de un cerdo muerto de hambre. Sobre el colchón colocó un cobertor,[58] el cual de sucio que estaba, su color nunca pude averiguar.[59] Pensaba yo que terminada la tarea, aunque

[58] Colcha.

[59] Nuevamente el autor nos dice a qué tipo de limpieza se refiere el escudero, en realidad es una burla a todos esos hidalgos que tenían por máxima honra parecer, más que ser.

escamado, cenaríamos algo. No habiendo nada en la casa saldríamos, pero me equivoqué nuevamente:
—Lázaro, ya es tarde, y de aquí a la plaza hay mucho trecho. En esta ciudad andan muchos ladrones, y siendo ya de noche, están al acecho.[60] Pasemos la noche como podamos y mañana, llegado el día ya haremos lo que tengamos que hacer. Yo, al estar solo, no he comprado nada, estos días he comido por ahí fuera; sin embargo, ahora debemos hacerlo de otra manera, tengo una responsabilidad contigo.
—Señor, por mí —dije yo —no tenga pena vuestra merced, que sé pasar una noche y aún más, si es menester, sin comer.
—Vivirás más y más sano —me respondió. —Porque como decíamos hoy, no hay mejor cosa en el mundo para vivir mucho que comer poco.
—Si por esa vía es —dije entre mí —nunca moriré, que siempre he guardado esa regla a la fuerza, y aun espero, por desgracia, tenerla para toda mi vida.

Se acostó en la cama, colocando como almohada las calzas y el jubón[61]. Mientras a mí me dijo que me echase a sus pies, lo cual hice. El cañizo junto con mis esqueléticos huesos en ningún momento dejaron de pelear. A nadie deber causar extrañeza con la vida que llevaba. Mis males eran todos de la misma raíz: la mucha hambre que pasaba. Me fue imposible dormir. Creo que en mi cuerpo no había ni una libra de carne pegada a mis huesos.
Por si fuese poco, aquel día no había comido casi nada, rabiaba de hambre, lo cual me alteraba el sueño más de lo deseado. Me maldije mil veces —que Dios me lo perdoné— por mi miserable fortuna, no solo no recibí sueldo, ni alimento, sino que, teniendo para comer, lo poco que tenía lo repartí con él. Aun así, siempre tuve consideración ese pobre hombre, no atreviéndome ni a moverme para no despertarle. Tan mal pasé la noche, tan mezquino veía mi porvenir, que a Dios le pedí varias veces la muerte.

Cuando por la mañana nos levantamos lo primero que hizo fue sacudir las calzas, el jubón, el sayo y la capa. A continuación, se vistió con tranquilidad dejando su estampa tal y conforme le conociese el

[60] Poco se puede robar a quien nada tiene.

[61] Las calzas, especie de braga que cubrían, el muslo y la pierna, o bien, en forma holgada, solo el muslo o la mayor parte de él. Mientras que el jubón era una especie de camisa que cubría desde los hombros hasta la cintura, ceñida y ajustada al cuerpo.

día anterior. Le llene la palangana de agua, se lavó y se peinó y por último se colocó la espada en el cinto, al tiempo que se la colocaba me dijo:

—Muchacho, si supieses que espada es ésta. No hay monedas de oro en el mundo para que yo la vendiese. Como esta con ninguna de cuantas Antonio hizo, acertó a poner aceros tan buenos como ésta los tiene.

Sacó la espada, tocando su filo con los dedos, diciendo:

—Mírala, con ella soy capaz de cortar hasta un copo de lana.

—Y yo con mis dientes, aunque no estén hechos de acero, un pan de cuatro libras me comería sin esfuerzo —pensé.

La introdujo de nuevo en la funda, la ciñó al cinto y con gestos sosegados puso el cuerpo derecho y estirado. Moviendo gentilmente busto y cabeza, como ensayando ante el azogue[62] de un espejo, sin que hubiese tal. Después, tras echar la capa sobre los hombros, colocó su mano derecha en el costado y dirigiéndose a la puerta dijo:

—Lázaro, echa un vistazo por la casa y la pones en orden, mientras que yo voy a misa. Haz la cama, coge la jarra y te acercas al rio que está justo bajando la calle, acuérdate de cerrar bien la puerta con llave, no vaya a ser que nos roben algo, la dejas en el quicio[63] por si acaso yo llegase antes que tú y no pudiese entrar. Y se marchó calle arriba con tan gentil continente, que quien no le conociese pensaría debía ser un pariente muy cercano del conde de Arcos, o al menos un ayudante de cámara al que le regalaba la ropa para vestirse como tal.

— ¡Bendito seáis vos, Señor! —Quedé yo pensando — Dais la enfermedad y ponéis el remedio. Quien le viese pensaría que anoche tuvo una buena cena y que habría dormido en una buena cama. Siendo temprano pensarían, viéndole con tan gentil porte, que habría tenido un buenísimo desayuno. ¿A quién no engañará su buena disposición y razonable capa y sayo? ¿Quién pensará que ese gentil hombre se pasó ayer todo el día sin comer, con aquel mendrugo de pan que su criado Lázaro tenía guardado, del día anterior, como un tesoro? Y viendo su aspecto, nadie podría pensar que su casa no conoce la limpieza, ni tan siquiera la de la escoba. ¿Quién va a pensar que se ha lavado la cara y las manos y no tenía paño para secárselas y ha utilizado la camisa para ello? Nadie

[62] Elemento químico metálico, usa en la fabricación de espejos y, aleado con el oro y la plata, en odontología y medicina

[63] Parte de las puertas o ventanas en que entra el espigón del quicial, y en que se mueve y gira.

se lo puede ni imaginar. ¡Oh Señor! ¿Cuántos de estos debéis tener por el mundo esparcidos, que padecen por la que llaman honra lo que por vos no sufrirían?

Me quedé un buen rato en la puerta, pensando estas cosas y otras muchas; intentando poner cada cosa en su lugar y el camino andado hasta ese instante y el que debería andar en adelante, que parecía que el primero fue torcido y el segundo no se veía recto. Cuando hubo desaparecido por la larga y estrecha calle, me metí de nuevo en la casa, y en lo que dura un padrenuestro recorrí toda, sin nada que poder hacer. Agarrando el jarro marché al río, donde en una huerta encontré a mi amo con dos mujeres con velo, al parecer no tenían apariencia de hortelanas,[64] más bien de aquellas mujeres que tienen por costumbre irse a refrescar al río y almorzar sin tener el qué, con la confianza de que no habría de faltar quien les diese de almorzar.

Tal como lo cuento, estaba entre ellas, hablando como si fuese el trovador Macías, [65] diciéndoles las palabras más dulces que jamás escribió Ovidio, [66] con la

[64] En las afueras de las ciudades solían trabajar las rameras.

[65] Santiago Macías, más conocido como «El Enamorado», que murió trágicamente y cuya aventura ha inspirado a varios escritores.

[66] Publio Ovidio Nasón fue un poeta romano. Sus obras más conocidas son Arte de amar y Las metamorfosis,

galantería y la buena entonación que le hacían parecer lo que estaba muy lejos de ser.

Viéndole tan tierno y siendo tan buena su apariencia, que ni el más rico y gentil caballero la hubiese tenido tan buena, no les dio vergüenza pedirle que les invitase a almorzar, prometiendo el pago que en ellas era habitual. Pero como su bolsa estaba tan fría y vacía como su estómago, comenzó a sentir escalofríos y hasta el color desapareció de su rostro, trabándose la lengua, desapareciendo por completo su locuacidad, intentando poner excusas varias de manera que de manera tan torpe que no parecía ni él.

Como aquellas mujeres eran muy experimentadas, le encontraron pronto el motivo de su enfermedad y aturdimiento dejándole allí de inmediato para que fuese otro quien le curase la enfermedad, siendo yo el necio que debía hacerlo.[67] Yo mientras tanto, estuve comiendo algunos tallos de berzas,[68] siendo ese mi desayuno. Tras llenar el jarro y sintiendo pena por mi nuevo amo, que queriendo comer carne no lamio ni siquiera el hueso.

Llegado a casa pensé que debería barrer; pero como ya dije antes, no había con qué. Por lo que me dio por cavilar y decidir sobre lo que debía hacer. Al final, sin mucho convencimiento, decidí esperar hasta el mediodía, para ver si traía algo de comer, pero tal y como suponía, resulto una pérdida de tiempo.

Espere hasta las dos, viendo que no llegaba y el hambre comenzaba a resultar insoportable. Cerré la puerta dejando la llave en

---

[67] La enfermedad del escudero era la pobreza y el hambre, Lázaro asume que debe darle de comer a su amo.

[68] Col o repollo, por extensión a otras hortalizas.

el quicio, donde me señalara, y de nuevo volví a mi antiguo oficio. Con voz baja y enfermiza, que apenas me salía del cuerpo, con las manos cruzadas sobre el pecho y mis ojos mirando al cielo pedí en el nombre de Dios, comencé a pedir pan, por las puertas de aquellas casas que me parecían con más posibles. Este oficio lo conocía muy bien gracias al ciego, siendo discípulo aventajado, más en esta ciudad no había caridad ni en los años de abundancia.

El oficio hace al maestro y yo me daba buena maña, hasta el punto, que no eran las cuatro y ya tenía cuatro libras de pan entre pecho y espalda, y al menos otras dos guardadas. Así que decidí volver a la casa, y al pasar por la tripería pedí por Dios a unas mujeres que allí estaban, y me dieron una pezuña de vaca y callos ya cocinados, más contento que unas castañuelas decidí regresar a la casa desolada.

Cuando llegué a casa, el bueno de mi amo estaba ya en ella, con su capa ya doblada y puesta en el poyo [69] y él paseándose por el patio, como haciendo la digestión de nada. Al instante de entrar vino hacía mí. Pensé que me quería reñir por la tardanza. Me preguntó de dónde venía y yo le dije:

[69] Especie de banco de piedra u obra, anexo a la pared.

—Señor, hasta las dos estuve aquí, y viendo que vuestra merced no llegaba, marché por ciudad a encomendarme a las buenas gentes, y esto es lo que me han dado.

Le mostré el pan y la uña de vaca que traía en el regazo, cambiándole el semblante para bien y dijo:

—Yo te he estado esperando para comer y cuando vi que no venías, comí. Tú haces como hacen los hombres de bien. Que más vale pedir por Dios que robarlo. Y así él me ayude porque me parece bien, y solo te pido no sepa nadie que vives conmigo, harías daño a mi honor. Aunque seguro que se quedará en secreto, porque casi nadie me conoce en esta ciudad donde nunca debería haber venido.

—No tenga cuidado por eso, que nadie a mí me pide explicaciones ni yo tengo porque darlas. —Le contesté yo.

—Ahora come, pobre pecador. Que si a Dios quiere pronto estaremos lejos de estas estrecheces. Aunque debo decirte que desde que llegue a esta casa nada me ha salido bien. Debe ser que se encuentra en un suelo maldito, sabrás que hay casas encantadas que se encuentran malditas por misteriosos pasados. Casas que a quienes viven en ellas traen la desgracia. Ésta debe de ser sin duda una de ellas; mas yo te prometo, antes que termine el mes, no viviré en ella, aunque me regalen.

Me senté en el otro extremo del poyo, sin decir nada sobre merienda para no me tomase por glotón. A la hora de la cena comencé a comer los callos y el pan, mientras miraba a mi desdichado amo por el rabillo del ojo. Él se quedó fijo en mi camisa, que la estaba utilizando como mantel. Pedí a Dios que tuviese tanta compasión por él, como estaba sintiendo yo. Sabía lo que sentía, no me era ajeno su pesar, era algo que había sufrido en muchas ocasiones y continuaba sufriendo. Pensé que debería invitarle, pero también que al decirme que había comido, tal vez no aceptaría la invitación. Finalmente, yo deseaba ayudar a aquel pecador con aires de grandeza, que presumía de bolsa llena y la tenía rota, pues había mejor aparejo, por ser mejor la vianda y menos mi hambre.

De hecho, yo estaba esperando, y hasta deseando que me ayudase con la comida que me había tomado la molestia de conseguir y que comiese como lo hiciese el día anterior. Quiso Dios conceder mí deseo y supongo que también el suyo, porque cuando comencé a comer, él se acercó y me dijo:

—Lázaro, nunca he visto a nadie comer tan a gusto como te veo a ti. Comes con tal placer que no hay nadie en el mundo que viéndote no le entré hambre, aunque no tenga. Y mira que he comido a gusto, pero es verte y despertad el apetito. —El hambre que tú tienes —pensé para mí —que te hace ver la mía hermosa.

Le vi tan infeliz, mirando fijamente mi halda, viendo como sus ojos intentaban mirar para otro lado. Decidí ayudarle, ya que él me había facilitado el modo de hacerlo sin ponerle en el compromiso, dándome pie para invitarle. Así que le dije:

—Señor, con buenas herramientas se puede hacer un buen trabajo. Este pan está sabrosísimo, y la pezuña de vaca está tan bien cocinada y sazonada, que estoy bien seguro que no habrá hombre en el mundo que pueda resistirse a su sabor.

— ¿Es la pezuña de vaca?

—Sí, señor.

—En verdad te digo, Lázaro, que no hay mejor plato del mundo. Ni siquiera el mejor faisán tiene ese sabor que tiene la pezuña de vaca.

—Pues pruébela usted, y vera lo buena que está. —Le puse un trozo de pezuña en sus manos, junto con tres o cuatro raciones de pan, del más blanco que llevaba.

Se sentó a mi lado y comenzó a comer como el más hambriento y desesperado de los hombres, olvidándose de su honra y bajando del pedestal de gran caballero hasta no importarle que un mísero mendigo le alimentase y que gracias a mí ese día comiese. Si el clérigo roía la cabeza de carnero mejor que un galgo, este escudero sin amo y con criado le ganaba en vigor con cada huesecillo de manera mucho más eficaz todavía. A él sí que daba gusto verle comer, y alabar a cada instante lo que saboreaba.

—Con almodrote[70] —dijo — este es un plato insuperable.

—Con el hambre que tiene no necesita ninguna salsa –respondí yo en voz baja, [71] viéndole como se comía la pezuña.

—Por Dios, estaba tan buena que quien me viese pensaría que no habría probado bocado en todo el día.

—Si tuviese tan seguro que me vendría la suerte de cara como que es eso cierto, ya no tendría motivo para la preocupación, —dije entre mí.

Me dijo que le trajese la jarra de agua y pude comprobar que estaba tal y conforme la había traído por la mañana, con lo cual estaba claro que no había probado bocado y por tanto no había necesitado beber agua.

Bebimos, y muy contentos, como si fuese el mejor de los vinos, y nos fuimos a dormir del mismo modo que la noche anterior. Así pasamos los nueve o diez días siguientes, él salía bien de mañana a pasear y lucirse con sus aires de grandeza a comer del aire,[72] como si fuese un hidalgo de postín, mientras que yo me pateaba las calles de Toledo como si llevase la cabeza de un lobo después de haberlo cazado[73] para conseguir recompensa, o tal vez como si fuese el jefe de

---

[70] Salsa compuesta de aceite, ajos, queso y otras cosas, con la cual se sazonan las berenjenas.

[71] Siempre se ha dicho que la mejor salsa es el hambre, o a mucha hambre no hay pan duro.

[72] Sin hacer nada de provecho, embelesado.

[73] Era costumbre, cuando los lobos poblaban la península ibérica, que hiciesen grandes estragos, sobre todo entre el ganado y en épocas de sequía se atreviesen con animales de mayor envergadura; por lo que los cazadores

la manada que buscase comida para la manada. En esas largas caminatas de puerta en puerta, de mercado en mercado, de oraciones en las puertas de las iglesias, pensaba en mi mala fortuna. Había escapado de aquellos amos miserables buscando mejoría, para ir a encontrarme con este, que no solo no me mantenía si no que lo tenía que mantener yo a él. A pesar de todo le quería bien, porque el pobre nada tenía. Era más la pena que sentía por él que el enojo que me causaba, hasta el punto, que con toda el hambre que había pasado a lo largo de mi vida, muchos días al no conseguir comida para los dos, prefería llevar lo poco que recogiese para que él no pasase hambre, aunque siempre queda la sospecha de si a uno lo toman por bobo, cuando es buena persona. No es que lo dudase que tal vez sí pecase de ingenuo y realmente estaba actuando como un necio. Yo sufriese el mal. Para mí sustento, mejor o peor, siempre lograba lo suficiente para comer, nada me ataba, ni me obligaba, a mantener y servir a quien no me pagaba. Así que una mañana, aprovechando, que él había subido en jubón a la parte alta de la casa, a hacer sus menesteres, aproveché para registrarle sus escasas pertenencias, entre las cuales encontré una bolsa de terciopelo, de las que se utilizan para guardar los dineros. Estaba doblada y seca, sin rastro ni de haber tenido ni media blanca en mucho tiempo, si es que alguna vez la tuvo.

mataban lobos y después paseaban la cabeza por pueblos y aldeas para conseguir recompensa.

—Este —decía yo —es pobre y nadie da lo que no tiene. Sin embargo, el avariento ciego y el mezquino clérigo, que por Dios lo recibían, uno por su lengua ágil y el otro por su besamanos, me mataba de hambre. Por tanto, a ellos había motivos más que suficientes para aborrecerlos, como a este para sentir lastima y honrarle, por mucho que me pesé mantenerle, y servirle siendo que no me aportaba beneficio ni provecho.

Pongo a Dios por testigo, incluso hoy, que cuando me encuentro alguien como él, con esa manera pomposa y elegante de caminar, siento pena al pensar, que tal vez, lo pasa tan mal como lo había visto pasar a este pobre hombre. He conocido a tantos que, con tal de aparentar, lo que no son, han dejado hasta de comer. Como esos otros, que, de tan avarientos, teniendo dineros han sido roñosos[74] hasta con ellos mismos, pasando hambre y viviendo como pordioseros, para llegar a la sepultura como los más ricos del cementerio. A pesar de ello, con toda su pobreza y grandilocuencia, preferiría más servirle a él que a otros, por lo que ya he dicho. Solo había algo que me tenía un poco disgustado. Hubiese preferido que no se diese esos aires de grandeza, ni fuese tan vanidoso, que fuese un poco más humilde, de acuerdo a su condición real. Porque tan grande era su fantasía como su necesidad, y, se ajustaba como anillo al dedo eso de dime que presumes y te diré que careces. Mas parece que eso forma parte de la

[74] Tacaños.

condición de ese tipo de personas, aunque no tengan donde caerse muertos se ven obligados a mantener, entre sus iguales, las apariencias y prefieren morir de necesidad, antes que dar a conocer su estado y que alguien les pueda socorrer. Siendo que me lo agradecía con la mirada, nunca lo dijo, o incluso tal vez nunca llegó ni a pensarlo. Creyendo que yo estaba obligado a mantenerlo y bastante merced me hacía con poder servirle; pues, ya, acudía a comer con la mesa puesta, como si yo tuviese la obligación de agradecerle a él, en lugar de él a mí. Allá ellos con su estúpida arrogancia, que si el Señor no lo remedia nada les cambiara e irán a las tumbas con ese defecto. Siempre se ha dicho que a perro flaco todo se le vuelven pulgas, así debe ser, no conforme mi mala fortuna con perseguirme allí donde fuese, y dentro de lo malo, todavía podría llegar a estar peor.

La tierra ese año dio malas cosechas[75] y como lo que más sobraba en Toledo eran pobres, decidieron en el ayuntamiento, que todos los pordioseros forasteros fuesen expulsados de la ciudad. Dando un pregón que el que de ese momento en adelante se encontrasen pidiendo por las calles fuese castigado a sufrir azotes. Y así fue como al cuarto día del pregón vi llegar una procesión de pobres que eran azotados sin piedad por las Cuatro Calles.[76] Lo cual me causo gran espanto. El miedo a que a mí me pudiese pasar, provocó que fuese muy precavido a la hora de pedir, ni tan siquiera para comer, por miedo a los latigazos.

Así nos veíamos, sin nada que llevarnos a la boca, tanto fue así que estábamos llenos de tristeza y en silencio por no saber cómo actuar. Tanto temor teníamos que estuvimos dos o tres días sin probar bocado, él no hablaba ni una palabra, para no gastar energías. Unas

---

[75] Tal vez este dato debería tenerse en cuenta, el edicto por el cual prohibía a los mendigos forasteros, que no estuviesen enfermos, a mendigar en Toledo, con penas de cárcel y sesenta azotes o expulsión, se promulgó en abril de 1946, después de un año de sequía intensa. Por tanto se escribió después de esa fecha, lo cual invalida a Valdés como autor, fallecido en 1932. Sin embargo otro de los datos históricos que se nombran, justo al final de la novela, la entrada de Carlos I en Toledo, como muy tarde pudo ser durante la celebración de las Cortes de Castilla en 1538, es decir, ocho años antes de 1546. Por tanto manteniendo mi idea inicial, el autor utilizó un conocimiento acaecido poco antes de la escritura de la novela, dando por hecho, que ese edicto, también pudo haberse producido anteriormente, lo cual tampoco sería extraño, a pesar de no haber constancia de ello.

[76] Cruce de varias calles donde se hacían cumplir las condenas.

mujercillas,[77] hilanderas de algodón que hacían bonetes[78] y vivían cerca de donde nosotros, con las cuales yo tuve conocimiento,[79] me daban algo de comida, con la cual, delgado como una pasa, pasaba a duras penas.

Sin embargo, me daba tanta pena mi amo, el pobre durante ocho días, maldito fue el bocado que comió. Al menos en casa. No sé ni donde andaba, ni cómo, ni qué comía. Pero a pesar del hambre daba gusto verle llegar calle abajo con el cuerpo estirado, más largo que un galgo de buena casta,[80] como si fuese el hombre más satisfecho de todo Toledo.

Por lo que respecta a su manía y sus aires de grandeza, eso que llaman honra, tomaba un palillo y salía a la puerta escarbando los dientes sin que nada que entre ellos tuviese, como si hubiese terminado de comerse un carnero entero. Luego dirigiéndose a mí, refunfuñando, siempre estaba con la misma cantinela, quejándose de aquel lugar diciendo:

—Lo malo de nuestra desgracia lo trae esta maldita casa, mira lo sombría que es, es tan lóbrega como triste. Mientras que estemos en ella nos lloverán las desgracias. Estoy deseando que termine el mes para salir de aquí y no volver jamás.

Nos encontrábamos con el hambre, persiguiéndonos en forma de alguaciles, por cada esquina de las estrechas calles de Toledo, aunque no era menester; pues, apenas salíamos de la lóbrega casa. Estando en estas circunstancias tan tristes, no sé si por suerte o buena fortuna,

---

[77] Mujeres de mala vida, que al igual que Celestina, tenían como tapadera un taller de costura.

[78] Gorros para clérigos.

[79] Tener conocimiento, equivalía a tener relaciones sexuales, tampoco está muy claro; porque en ese caso invalidaría bastante de las interpretaciones que se suelen dar del capítulo más polémico y corto de todos, el cuarto, con el fraile de la Merced. Por lo cual también puede ser que Lázaro, en realidad el servicio que prestaba a las hilanderas, era traerles clientes.

[80] En más de una ocasión se ha puesto en duda la hidalguía del escudero. Lázaro nos habla aquí en una característica de algunos que presumían de hidalgos: «Hidalgos y galgos, secos y cuellilargos. Una poesía de Pedro de Padilla, pone en boca de una moza una ristra de escarnios contra el pobre hidalgo, "escudero pelón", que la corteja; y estos entre ellos:

Porque sois un pelón de mala cara,
galgo flaco, cansado y muy hambriento,
confeso triste y gran majadero.

recaló en las manos de mi amo un real. Llegó a casa tan contento como si en su poder tuviese todo el tesoro de Venecia, y es que los pobres nos conformamos con tan poco que con un real[81] nos sentimos los más afortunados del mundo. Con gesto muy alegre y risueño me lo dio diciendo:

—Toma Lázaro, que Dios ya está abriendo la mano con nosotros. Ve a la plaza y compra pan, vino y carne. ¡Quebremos un ojo al diablo![82] Alégrate, pues debo decirte que he alquilado otra casa y en esta no hemos de estar más de lo que dure el mes. ¡Maldita ella y quien puso la primera teja! ¡Maldita la hora en que en ella entré! Por Dios, que desde que entré en ella que ni una gota de vino he bebido ni bocado de carne he probado, ni por ello he tenido descanso alguno. Tal es su presencia y tal su oscuridad que no produce alegría alguna estar en ella, al contrario. Anda, marcha rápido y regresa pronto que hoy comeremos como condes. Agarré la moneda y el jarro con alegría, dando aire a mis pies comencé a subir la calle corriendo en dirección a la plaza muy contento y dichoso. Pero. ¿De qué sirve alegrarse cuando mi mala suerte me acompaña y no permite que me llegue ninguna alegría sino va acompañada de una desgracia? Y así fue en esta ocasión.

Caminaba calle arriba haciéndome cábalas sobre en qué emplearía el dinero de manera más provechosa y le sacase más rendimiento. No podía creer lo que en mi mano tenía y solo Dios sabe las infinitas gracias que le di por haberle dado la oportunidad a mí amo de conseguir aquel real.

Maldita la hora en que me encuentro con un funeral que bajaba calle abajo acompañado de muchos clérigos, y todo tipo de gentes. Me acerqué arrimándome a la pared para facilitarles

[81] Moneda de plata, del valor de 34 maravedís.

[82] Que rabie el diablo.

el paso. Tras del féretro marchaba compungida quien debería ser la viuda del finado. A la viuda le acompañaban varias mujeres,[83]igualmente enlutadas y llorando desconsoladamente. A los lloros de las plañideras, el sacerdote cantaba su letanía y la viuda iba dando grandes voces:

—Marido y señor mío, ¿adónde os me llevan? A la casa triste y desdichada, a la casa lóbrega y obscura, a la casa donde nunca comen ni beben.

Al escuchar estas lastimeras palabras, el cielo se me junto con la tierra y pensé:

— ¡Oh desdichado de mí! Para mi casa llevan este muerto.

Al instante volví sobre mis pasos calle abajo, pasando entre la gente, corriendo lo más rápido que pude, al llegar a la casa entré echando la llave, invocando el auxilio de mi amo, abrazándome a él. El cual alterado, pensando que algún peligro nos acechaba, me preguntó:

— ¿Qué te pasa muchacho? ¿Qué voces son esas? ¿Por qué cierras la puerta con tal furia?

---

[83] Plañideras, que solían acompañar los entierros por dinero o devoción, llorando con gestos exagerados.

— ¡Oh señor! —dije yo. — ¡Vámonos de aquí, que nos traen un muerto a casa!

— ¿Cómo puede ser eso? —Respondió él.

—Calle arriba encontré un muerto, y venía diciendo su mujer: Marido y señor mío, ¿adónde os llevan? ¡A la casa lóbrega y obscura, a la casa triste y desdichada, a la casa donde nunca comen ni beben! Aquí, señor, nos traen al muerto.

Ciertamente, cuando mi amo esto escuchó, aunque no tenía por qué estar muy risueño, rio tanto que durante bastante tiempo estuvo sin poder hablar. Sin embargo, mientras tanto tenía él, yo echaba el cerrojo a la puerta y empujando la misma con mi hombro, para así hacer más fuerza contra quien intentase entrar. Cuando ya había pasado la gente con su muerto, todavía yo recelaba que su intención no fuese traerlo a nuestra casa.

Todo lo que pasó por mi cabeza durante ese tiempo ahora al recordarlo me ocurre lo mismo que a mí amo, pero entonces realmente me encontraba aterrorizado y convencido de que el finado lo llevaban a nuestra pobre casa, más pobres nosotros que como bien decía la viuda, no comíamos ni bebíamos. Mi amo, más harto de reír que de comer, me dijo.

—Llevas toda la razón Lázaro, en lo que piensas según lo que dijo la viuda, pero Dios lo ha hecho mejor y nos libra de darle posada al difunto; así que abre, que ya van lejos y marcha al mercado a por comida y así podremos comer algo y que esta casa ya no sea, al menos mientras estemos en ella, la casa donde nunca comen y beben, que si todo sale como me parece a mí, que ha de salir, pronto no estaremos en ella.

—Espera señor, que acaben de pasar la calle. —Dije yo.

Al final mi amo se acercó a la puerta y pese a mi resistencia la abrió. A pesar de su decisión yo estaba paralizado por el miedo. Si bien Salí a la calle de nuevo en dirección de la plaza y comimos bien aquel día. Pero fue tal el miedo que se me metió en las entrañas que en tres días no recobre el color en la cara. Por el contrario, mi amo disfrutaba y reía cada vez que recordaba el suceso.

De esta manera estuve con mi tercer y pobre amo, que fue escudero sin amo y con criado que le alimentaba. Algunos días, me sentía intrigado por saber el motivo de su llegada a Toledo. Porque desde el primer día supe que era forastero, apenas conocía a nadie y tenía poco trato con los naturales del lugar. Al fin se cumplió mi deseo y supe lo que deseaba. Un día, que habíamos comido razonablemente bien, y estaba algo contento por el vino y el yantar, me habló de sí mismo. Dijo ser de Castilla la Vieja, que la única razón por la que había dejado su tierra fue por no quitarse el sombrero ante un caballero de clase alta que era vecino suyo.

—Señor —Le dije. —Si como decís, tenía más que usted. ¿No errabais al no quitaros el sombrero, siendo que él también se lo quitaba él, a pesar de ser mayor abolengo?

—Sí, él siempre que le saludaba, también se quitaba el sombrero, pero nunca me tomo la delantera. Siempre hube de saludarle yo primero, cuando lo correcto es que en alguna ocasión se me hubiese adelantado.

—Me parece señor —le dije —que no debiera pensar eso, es a lo que yo me atengo, especialmente con mis mayores o con los que tienen más que yo, que son todos.

—No eres más que un muchacho. —respondió. —Y no entiendes de las cosas de honra. Esa es la cosa más importante para cualquier caballero que se precie en estos días. Te hago saber, como puedes comprobar que yo soy tan solo escudero. Pero juro por Dios que si me encuentro con un conde en la calle y no se quita el sombrero bien quitado, a la próxima vez finjo algún negocio, o me voy por otra calle, si es que existe, antes de que llegara a mí, con tal de no quitarme el sombrero ante él. Has de saber, Lázaro, que un hidalgo solo se debe al Rey[84] y a Dios. Y no es justo si se es un hombre de bien, que descuide ni un momento darle a su persona el valor que tiene. Recuerdo que un día deshonré a un oficial en mi tierra, e intenté guardar las distancias. Cada vez que me cruzaba con él, me decía: "*Dios te guarde*". "*Vos, villano ruin*". —le dije yo. — ¿No te han enseñado modales? ¿Cómo te atreves a dirigirte a mí con un "*Dios te guardé*", como si fuese un cualquiera?

A partir de ese día, allí donde me encontraba, se quitaba el sombrero y me saludaba como debía.

— ¿Pero no es una buena manera de saludar un hombre a otro decir "*Dios te guarde*"? –Le pregunté yo.

— ¡Maldita sea, te equivocas! Entre las gentes inferiores, eso es lo que dicen, pero entre los más altos, como lo soy yo, no se les puede saludar con menos de un "*beso las manos de Vuestra Merced*".[85] Así que no quiero, ni tengo porque aguantar, ni aguantaré que un villano me diga:" Dios te guarde". Ni siquiera al rey aguantaré que me trate como a tal.

—Me parece —le dije —que por eso Dios no le ayuda a usted a salir del agujero.

---

[84] Los hidalgos solo le debían obediencia al rey, y no eran pecheros, es decir, no pagaban ningún tipo de impuestos a nobles de mayor posición social.

[85] En efecto, "Dios te guarde" lo utilizaban en pueblos y entre plebeyos. Entre la nobleza y en la Corte, solía utilizarse "Besos las manos de Vuestra Merced". En la segunda parte del Lazarillo, edición de Amberes de 1555, el autor ridiculiza esta costumbre, por "Beso vuestro trasero", como gesto de pleitesía y sumisión al rey de los atunes.

—No creas que soy tan pobre, que en mi tierra tengo un solar de casas que de estar en pie y bien cuidadas, valdrían más de doscientos mil maravedís, a dieciséis leguas de donde nací, en la Costanilla de Valladolid.[86] Eso solo por darte una idea. Además, tengo un palomar que me daría más doscientas palomas al año, si no se hubiese derribado, además de otras cosas que no menciono y sin embargo dejé todo por mi honor. Vine a esta ciudad pensando que iba a lograr una buena posición en la misma, como puedes comprobar no ha sucedido así. Aquí hay muchos canónigos y señores de la iglesia, pero es gente cerrada y tacaña con el dinero, incapaces de cambiar. Me encuentro con caballeros de media talla, que me piden que les sirva, pero trabajar para ellos da más inconvenientes que provecho y hasta para pagar son malos, y siempre quieren a plazos. Puede que como dicen, tarde, mal y nunca, comido por servido, el único pago seguro es si te alimentan o cuando quieren tener la conciencia tranquila y están dispuestos a pagar por el sudor de tu frente, su pago lo llevan a cabo con lo que ya no quieren de su ropa, te dan un viejo y sudado jubón o una raída capa o sayo, su avaricia llega hasta eso y más. Incluso, te digo, que, aunque encuentres a un hombre de la nobleza, resulta complicado el trato. No tengo yo habilidad para tratar con ellos, suelen ser altaneros, orgullosos y traicioneros.[87] Pero por Dios te digo que, si con uno de ellos me encontrase, le serviría y disimularía como el mejor embustero con tal de tenerle contento.[88] Le reiría sus tonterías y alabaría sus modos, aunque no fuesen los mejores del mundo. No le diría nunca nada que le pudiese molestar. Procuraría que no se tuviese que preocupar por nada, evitándole disgustos innecesarios, y más si fuesen concernientes a su honra. Si echase la bronca a algún criado, procuraría poner el punto para agrandar su ira; pero pareciendo que lo hacía en favor del inculpado para que pareciese que estaba preocupado por él. Buscaría el modo de elogiar su inteligencia, aunque fuese torpe y se creyese espabilado, le diría que en todo el Imperio de su

---

[86] Importante barrio de Valladolid, pero también fue, ante de la expulsión, un barrio judío.

[87] Ocurre también en la Celestina, es el retrato de la gente que se considera a sí misma de alta alcurnia, la llamada clase alta, eran y todavía suelen ser: altaneros, soberbios, orgullosos y traicioneros, personas que hablan mucho de nobleza o patriotismo; pero que están muy lejos de serlo.

[88] Sin embargo, a pesar del retrato que hace el escudero, estaría dispuesto a rebajarse hasta lo que hiciese falta si uno de esos nobles lo cogiese a sus servicio.

Católica Majestad no había otro más inteligente y ocurrente que él. Sería malicioso e incisivo, chismoso, jovial como suelen gustar los nobles, investigaría las vidas ajenas para contárselas y añadiría detalles de mi cosecha, puniendo a salvo solo al Rey. Y otras muchas cosas que les gustan a las gentes de palacio, ellos no quieren hombres de bien en sus casas, incluso los aborrecen y como muy poco los consideran necios, que no son personas de negocios en las que un noble pueda confiar. Las personas inteligentes actúan con astucia, ya te digo, yo al día de hoy, así lo haría; más no quiere mi mala suerte que me encuentre con uno de ellos —de esta manera se lamentaba de su infortunio mi pobre amo, dándome a entender lo admirable que era y lo ruin que podía llegar a ser, si la ocasión se le presentaba.

Estando con estas confidencias entraron por la puerta un hombre y una anciana desdentada. El hombre le exigió el alquiler de la casa y la mujer el de la cama, o lo quedaba de ella. Se pusieron a sacar cuentas de pie. Tras muchos cálculos, la suma adeudada subía mucho más de lo que mi amo ganaba en un año. Creo que eran unos doce o trece reales. Una cantidad que mi pobre amo jamás soñó siquiera poseer. No es preciso decir que yo mucho menos. Cualquiera se habría puesto nervioso; sin embargo, mi amo, sin perder la compostura, dijo con la mayor tranquilidad del mundo que no había problema alguno.

—Las deudas deben ser pagadas sin dilación. Regresen vuestras mercedes por la tarde que tendrán listo hasta el último maravedí —para dar mayor énfasis, añadió: — Incluso, si me lo permiten, para que queden ustedes más tranquilos, les abonare un mes por adelantado.

Una vez se hubieron marchado salió por la puerta para no volver jamás.

Por la tarde, puntuales, a la hora que les había indicado mi amo, se presentaron el hombre y la anciana dispuestos a cobrar lo pactado, yo les dije que todavía no había regresado.

Llegada la noche viendo que no regresaba, sentí miedo de quedarme solo ante el peligro y solicité alojamiento en casa de las vecinas, a las cuales les conté lo sucedido y no tuvieron ningún inconveniente en que me quedase aquella noche a dormir en su casa. Con la llegada de la mañana, los acreedores regresaron de nuevo y como no había nadie en la casa preguntaron a las vecinas por mi amo y ellas le respondieron:

—Aquí está su mozo y la llave de la puerta, otra cosa no sabemos.

Entonces me preguntaron acerca de él, y yo les dije que no tenía ni idea de dónde se encontraba, que la última vez que lo vi fue cuando se marchó a cambiar el doblón que decía tener y que yo nunca vi, y que por tanto pensaba que tanto a mí como a ellos nos había dado el esquinazo.

Cuando esto escuchó fueron en busca de un alguacil y escribano,[89] regresando con ellos, le piden la llave a la vecina y abren la puerta tras llamar a testigos. Y muy diligentes entran a embargar las pertenencias de mi amo, las necesarias para saldar la deuda. Recorrieron toda la casa, viéndola tan vacía, como ya he dicho, me preguntaron:

— ¿Qué ha sido de las pertenencias de vuestro señor, sus arcas, tapices, muebles y enseres de la casa?

—Es evidente —dijeron. —que anoche sacaron todo lo de la casa y se lo llevaron a otro lugar. Señor alguacil detenga a este muchacho, que él sabe dónde está.

—Yo no sé nada de eso y les juro por Dios que nunca desde que estoy a su servicio vi tales cosas —les contesté.

Entonces el alguacil se acercó y me agarró por el cuello de la chaqueta, y me dijo:

— Muchacho, estás bajo arresto a menos que nos digas que ha sucedido y donde están las pertenencias de tu señor.

Yo nunca me había visto en semejante trance y difícilmente podría encaminar a nadie por el camino de quien no sabía a donde ni cómo se había marchado. Así que estaba realmente asustado y prometí sinceramente contestar a todo lo que me preguntasen, sin cesar de llorar, seguro que al final sería yo quien pagase el colchón sin lana y el alquiler de la casa, y podía dar gracias a Dios sino me colgaban el sambenito[90] y me sacaban en procesión.

---

[89] Los alguaciles eran agentes de la justicia y se encargaban de hacer cumplir las leyes, mientras que los escribanos, hacían la labor que ahora hacen los notarios, dando fe de sus actos.

[90] Sayo de saco con el que vestían a los condenados para pasearlos por las calles.

—Está bien, entonces di todo lo que sabes y no tengas miedo. —Me dijeron.

Así que el escribano se sentó en el poyo, dispuesto a tomar nota de todas las pertenencias de mi amo, preguntándome por sus propiedades. Preparó un buen pliego de papeles, un tintero y una pluma de ganso, como si fuese a hacer el testamento del señor marqués de Villena.[91]

—Señor —le dije —de acuerdo con lo que mi amo me dijo, tiene una buena manzana de casas y un palomar derribado, que a poco que se gasten unos escudos, acudirán palomas.

—Está bien —dijeron. —por poco que eso valga, será más que suficiente para pagar la deuda.

— ¿Y qué parte de la ciudad se encuentra? —Me preguntaron

—En su tierra —les contesté.

—Por el amor de Dios muchacho, lo que nos está diciendo ahora —dijeron. — ¿Y dónde está su tierra?

—Él me dijo que era de Castilla la Vieja —contesté yo.

El alguacil y el escribano estallaron en carcajadas:

—Con esta información, sería suficiente para pagar su deuda, por muy grande que fuese.

Todos parecían disfrutar de mis explicaciones menos yo, y mucho menos el dueño de la casa, ni la dueña del colchón que se las veían venir. Cuando cesaron risas y carcajadas las vecinas y testigos salieron en mi defensa, lanzándome un capote[92] al ver mi cara de miedo y preocupación:

—Señores, es solo un niño inocente, solo lleva con el escudero unos días y no sabe más de lo que puedan saber ustedes. Además, el pobre pecador ha estado viniendo a nuestra casa muchos días a comer, y le hemos dado lo que hemos podido por caridad, y más de una noche se ha quedado a dormir en nuestra casa, porque su amo no tenía ni lo que ustedes se suponen en las tripas, de no ser de nosotras muchos días no hubiese probado bocado, qué diga él si es mentira lo que decimos. No sería de recibo que el más honrado de los estafados fuese quien pagase las costas. Vista mi inocencia, me dejaron libre. Pero tanto el alguacil como el notario exigieron sus honorarios. Con ello comenzaron las discusiones, sobre la cuestión.

---

[91] Uno de los más ricos del Reino, Sus propiedades llegaban desde Madrid, a Alicante, pasando por Belmonte.

[92] Intentando ayudarme.

El dueño de la casa y la dueña de lo que quedaba del colchón, se negaban a pagar pues no había motivo, ni se había producido la confiscación de bienes del escudero.

Sin embargo, alguacil y escribano alegaron que habían dejado de asistir a otros contenciosos más productivos por acudir a este y que por tanto debían de cobrar por su trabajo. Finalmente, después de un montón de gritos y discusiones, cogieron el colchón viejo de la anciana, que no tenía lana ni para un jubón, y se marcharon todos dando voces, gritándose unos a otros y amenazando al dueño de la casa con confiscarle la misma si no pagaba en un plazo señalado las costas. No sé cómo terminó la historia. Yo creo que con el colchón se pagaron gastos de todo el mundo, aunque de encontrarlo en un albollón[93] no hubiese servido ni para taparlo y mucho menos creó que fuese usado para relajarse ni descansar en él, pues la tela roída y gastada la lana de dos ovejas no tenía.

Así fue como, mi pobre tercer amo me abandonó, confirmándose mi mala suerte una vez más. Demostrándome el destino lo mucho malo que era capaz de hacer contra mí persona. Ocurriendo lo contrario de lo que suele suceder, ya que suelen ser los mozos quienes abandonan a sus amos en busca de otro mejor. Sin embargo, en esta ocasión fue al contrario de lo que por norma suele suceder, si bien no era de mí de quien huía. A buen seguro que ni el mejor galgo le habría dado alcance, y cuando los allí presentes se peleaban por la inexistente lana del colchón, él estaría muy lejos de Toledo.

[93] Desagüe o alcantarilla de aguas fecales.

Tratado Cuarto

Rompiendo zapatos con un fraile de la Merced

Así es como hube de buscarme un cuarto amo, y éste resultó ser un fraile de la Orden de la Merced.[94] Las mujercillas[95] que he mencionado, vecinas del escudero, me recomendaron para que me cogiese a su servicio. Decían, ellas, que era un pariente[96] suyo; pero a mi parecer aquel fraile tenía más parientes de lo que de normal suele suceder.

---

[94] La Orden de la Merced era una orden religiosa de carácter militar. Se fundó para ayudar y hacer de intermediarios en el rescate de los prisioneros cristianos capturados por los turcos. Su labor la realizaban fuera del convento y tenían una muy mala y merecida fama, por sus labores celestinescas, más preocupados por ayudar a los cautivos de amor que a los prisioneros del turco.

[95] Las prostitutas, vecinas de Lázaro y el escudero. Nos deja claro la condición de unas y la relación que tenían con el fraile.

[96] No se refiere a pariente de sangre, sino de relación. Como nos deja claro La Celestina, las prostitutas llaman madre, tía o padre o tío a la alcahueta o alcahuete para el que trabajan. Por tanto se podría llegar a pensar que trabajaba como alcahuete para las "mujercillas".

Mi nuevo amo no era muy amigo de comer en el convento, tampoco de rezos en el coro, por supuesto que los maitines no los cantaba, porque tampoco dormía en su celda. Loco por estar siempre de un lado para otro, siempre dando vueltas por la ciudad, amigo de asuntos seglares y de hacer visitas a sus múltiples parientes, amigas y devotas, a las cuales se dedicada con tanto entusiasmo, que pienso, que rompía él más zapatos que todo el convento en su conjunto.[97]

Este fue quien me dio los primeros zapatos[98] que rompí en mi vida, mas no me duraron más allá de una semana. Y yo no habría durado mucho más tiempo de haber continuado a su lado, pues andaba más en un día que en un mes con cualquiera de mis amos y yo no pude con su trote.[99] Y aunque aquí la comida no faltaba, pues mi amo gustaba tanto de carne como del pescado, sin escatimar en gastos de los mucho que recibía para rescatar prisioneros al infiel. Terminaba tan cansado que así que debido a esto y algunas otras cosillas[100] que no quiero mencionar, le abandone antes y con antes.

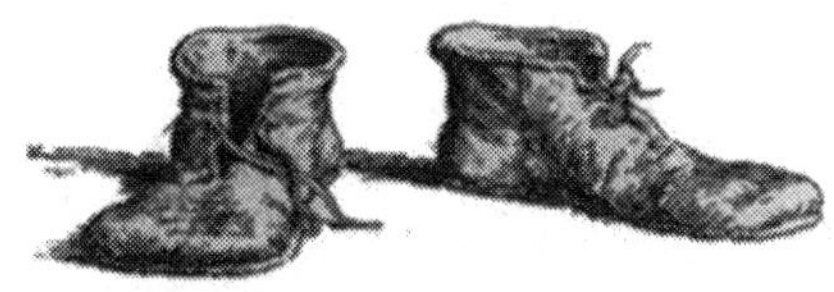

[97] Romper zapatos, en realidad se refiere al órgano sexual de la mujer.

[98] De nuevo la connotación erótica, la pérdida de la inocencia, que sin embargo parece que ya había disfrutado con sus vecinas.

[99] Con tanta actividad sexual. Las personas que se les llamaban de trote eran tanto quienes ejercían la prostitución como quien la buscaba. Lázaro por tanto abandona a su amo entre otras cosillas, por ser incapaz de aguantar el ritmo que le impone el fraile. Trote, siempre se ha asociado a la relación de las prostitutas con los conventos, de ahí viene la palabra "trotaconventos".

[100] Son muchos los investigadores que interpretan estas "cosillas" como intentos de abusos sexuales por parte del fraile. Así lo debió interpretar la Inquisición, cuando después de prohibir El Lazarillo, sacó El Lazarillo castigado sin ese capítulo.

Tratado Quinto

Cómo Lázaro se asentó con un buldero, y de las cosas que con él pasó

De mano en mano iba pasando, hasta llegar a este quinto amo. De todos el más sinvergüenza y arrogante, carente de principios morales y estafador de indulgencias. Era pues este quinto amo buldero.[101] En su favor he de decir que era muy ingenioso a la hora de conseguir engañar a las buenas gentes, cualquier truco o artimaña la utilizaba y nunca se quedaba sin recursos, si una no funcionaba pronto se inventaba otra nueva.

Al llegar a cualquier pueblo o ciudad primero buscaba el modo de ganarse la confianza de sacerdotes y clérigos, con algunos regalos,

---

[101] Fraile encargado de vender bulas de la Santa Cruzada, en calidad de comisario. Eran profesionales con mucha labia que se encargaban de aumentar los ingresos de la Iglesia vendiendo bulas. Las bulas que en principio se concibieron para Las Cruzadas, y después para financiar la Reconquista en la época de Lázaro, se incrementaron por la amenaza del Imperio Turco, que había llegado hasta las mismas puertas de Viena.

nada que realmente valiese la pena o tuviese realmente un valor en sí mismo. Una lechuga de Murcia, si era tiempo de ellas, un par de limas, una naranja, un melocotón, alguna pera o tal vez un par de duraznos. Así procuraba ganarse su confianza y viesen con buenos ojos su negocio y así estuviesen predispuestos a llamar a sus feligreses para venderles indulgencias. Lo primero que procuraba era enterarse de la cultura y conocimientos de curas y clérigos, pronto se daba cuenta si eran cultos, y en ese caso no hablaba latín para evitar tropezar y meter la pata más de lo deseable. De lo contrario utilizaba un fluido y armonioso romance[102] que recitaba con desenvoltura de manera tan refinada que realmente parecía el más culto de los latines. Si además tenía conocimiento de que se trataba de reverendos, que habían sido ordenados por recomendaciones y dineros, [103] que no por conocimientos, era capaz de hablarles más de dos horas en latín, o al menos así sonaba, aunque no lo fuese. Resultaba sumamente divertido verles asentir a lo que mi amo decía, como si le entendiesen a la perfección, siendo que ni quien hablaba sabía lo que decía. Terminaba alabando la cultura y sabiduría de su interlocutor, y ya sabía que con una mísera dadiva que les diese, si salía bien el negocio, los tendría a su disposición.

No siempre triunfaba en sus propósitos y las personas no se dejaban engañar fácilmente, pero ahí sacaba a relucir su ingenio para manipular conciencias. Fueron tantos que sería arduo contar todos los que vi. Por tanto, me limitare a narrar uno muy gracioso que muestra claramente lo grande que era su ingenio y astucia.

En un lugar de la Sagra de Toledo,[104] donde había predicado dos o tres días con sus artimañas habituales sin conseguir resultados, sin encontrar persona alguna con intención de comprar ni bulas ni indulgencias. Estaba que se lo llevaban los diablos, pensando qué es lo que debía de hacer, juró y re juró que jamás le había ocurrido nada semejante. Así que acordó para el día siguiente convocar al pueblo para despedir la bula y de paso intentar vender todas las bulas posibles.

---

[102] Castellano culto

[103] Eran muchos los que no habían llegado al sacerdocio por estudiar teología, sino por corruptelas para así poder vivir mejor de lo que habría vivido de no serlo.

[104] Comarca toledana con capital el Illescas.

Esa noche, después de cenar, decidieron jugarse el convite entre el alguacil[105] y él. Terminaron discutiendo por el juego, acalorándose más de la cuenta. Él al alguacil le llamo ladrón, y el otro a mi amo estafador, asegurando a gritos que las bulas que ofrecía eran tan falsas como Judas Iscariote. Mi amo agarró una lanza que estaba junto a la puerta del salón donde estaban jugando. El alguacil sacó su espada, que llevaba en al cinto. Terminando uno con la espada en la mano y otro con la espada, haciendo como que se querían matar y provocado un gran escándalo para que a las voces acudiesen huéspedes y vecinos a poner paz.

Las gentes del pueblo corrieron rápidas al escuchar el ruido y los gritos, comenzando también a su vez a gritar, interponiéndose entre los dos para separarlos con peligro de ser ensartados. Ambos hombres realmente parecían que estaban locos de atar y que estaban realmente dispuestos a matarse. Simulaban que estar intentando desembarazarse de las personas que les estaban impidiendo continuar la pelea y a la vez haciendo gestos como de ensartar, al contrario. Cada vez eran más las personas que acudían atraídas por el escándalo, nunca hubo tanta gente en aquella posada. Cuando los dos hombres vieron que no podían utilizar sus armas comenzaron a cantarse las cuatro verdades.

[105] Normalmente el buldero o comisionado, que no comisario, iba acompañado de un alguacil, para protegerlo y ejecutar las penas a los reacios a pagar las bulas.

Por último, la gente del pueblo vio que no había forma de detenerlos, por lo decidieron llevar a alguacil a la otra punta de la posada.

Esto hizo que mi amo pareciese aún más loco y desaforado. Pero después de que todos le suplicasen que se olvidase de él y que se fuese a la cama, cuando lo consiguieron y ya lo vieron suficientemente tranquilo, se marcharon todos los demás. A la mañana siguiente no había cantado el gallo cuando mi amo comenzó los preparativos para marchar a la iglesia, mandando tocar las campanas convocando a los vecinos y así vender las indulgencias. La gente del pueblo se mostraba reacia, ya que el alguacil había dicho que eran falsas, pero siendo que era obligatoria la asistencia, aunque no tomasen la bula y debido a la expectación de la noche anterior, la gente llenaba toda la iglesia hasta rebosar. Mi amo subió al pulpito animando a la gente a que no dejasen escapar la oportunidad de tomar la santa bula, alegando que él era inocente y que de ningún modo había faltado a la

verdad. Cuando más entusiasmado estaba con el sermón entró en la iglesia el señor alguacil, diciendo en voz alta:

—Buenos hombres, oídme unas palabras que tengo que deciros, que después podréis continuar escuchándole. Yo vine aquí con este "*echacuervos*"[106] que os predica, el cual me engañó, y me dijo que le favoreciese en este negocio, y entre ambos partiríamos las ganancias. Y ahora, visto el daño que haría a mi conciencia y a vuestras haciendas, arrepentido de lo hecho, os declaro claramente que las bulas que predica son falsas, que no le creáis, ni las toméis, y que yo, ni de forma directa o indirecta soy parte de la estafa. Desde este preciso instante dejo la vara y doy con ella en el suelo. Y, si en algún tiempo éste fuese castigado por la falsedad, que vosotros seáis testigos cómo que yo no tengo nada que ver con él, ni le prestó ayuda. Es más, os desengaño y declaro su maldad…

La gente estaba escandalizada; aunque ya todos sabían lo ocurrido la noche anterior, razón por la cual, algunos hombres honrados quisieron echar al alguacil fuera de la iglesia, para así evitar el escándalo dentro del templo. No fuese a ser que se repitiese lo de la noche anterior. Pero mi amo muy digno, les ordenó que permaneciesen quietos sin molestar al alguacil, so pena de excomunión, y, que le dejasen decir todo cuanto quisiese y desease. Y así todas las buenas gentes permanecieron en silencio escuchando al alguacil. Siendo mi amo quien más atención parecía prestarle. Cuando ya parecía que el alguacil perdía brío, mi amo le animó a si tenía algo que decir lo dijese con total libertad.

—Muchas más cosas podría qué decir de vos y vuestra falsedad, mas por ahora basta —replicó el alguacil.

Mi amo se hinco de rodillas, miró a todos los presentes, deteniéndose en el alguacil y después alzo las manos mirando al cielo e invocando a Dios muy pausadamente dijo:

---

[106] Predicador o cuestor que iba por los lugares publicando la Cruzada, con malas artes o engaños, se aplicaba generalmente a los bulderos.

Las buenas personas, los temerosos de Dios, a quienes injustamente se nos calumnia y no tenemos nada que esconder, no tenemos por qué orar por quien nos acusas de falsedades y lanza injurias sobre nosotros. Tú Señor, sabes la verdad, sabes cuan injustamente he sido insultado. En cuanto a mí respecta, yo le perdono, para que, si en algo he pecado, tú a su vez me perdones. No siendo partidario de devolver el mal con el mal, tú que lo puedes todo, no mires a aquel que no sabe lo que hace ni lo que dice. Mas la injuria hecha contra tu persona — ¡Oh Señor! —te suplico, y por justicia te pido que no disimules, que si alguno de quienes están aquí desease tomar la santa bula y al escuchar las falsas palabras de este hombre, no lo hiciese. Tanto perjuicio del prójimo, sea tenido en cuenta.

Te suplicó, Señor, que no lo disimules; muestra pues un milagro, tu gran poder, y sea de este modo: Si es verdad lo que dice este hombre, de que yo traigo falsedad y maldad a estas buenas gentes, este púlpito donde me encuentro se hunda en las profundidades de la tierra siete estados,[107] sin que él ni yo volvamos a aparecer jamás. Y si es verdad que quien dice la verdad soy yo, tu humilde servidor, y miente ese hombre, poseído por la maldad del demonio, sea él el castigado, siendo por todos los presentes reconocida su maldad, sin que llegue a existir ningún tipo de duda razonable sobre mi persona ni sobre la santa bula que en tu nombre ofrezco. ¡Oh Dios! Que se cumpla por siempre tu palabra, así en la tierra como en el cielo…

Apenas hubo acabado su oración, el aguacil se desvanece cayendo al suelo y dándose tal golpe contra las tablas del mismo que toda la iglesia pareció temblar. Comenzando a bramar y lanzar alaridos al tiempo que echaba espumarajos por la boca, torciéndola y haciendo

[107] Medida con la que suele calcularse la profundidad de los pozos, cada estado equivale a la altura aproximada de un hombre.

mil visajes, dando puñetazos y patadas al aire, que imposibilitaba que nadie pudiese acercarse a él.

La pobre gente llegó hasta él, dando voces a mi amo para que se apiadase del alguacil, suplicándole que socorriese a aquel hombre que se estaba muriendo, y que no hiciese caso de las cosas pasadas ni dichas, que ya había sido bastante el castigo, quedando claro quien decía la verdad y quien la mentira.

Entonces mi señor amo, como despertando del más dulce de los sueños dijo:

—Buenas gentes, nunca debierais rogar por quien que ha sido señalado por Dios. Sin embargo, Él nos manda que no paguemos el mal con el mal, y perdonemos las injurias con fe en Él; no obstante, debemos tener mucho cuidado en ello. Poner la otra mejilla no debe ser poner la mejilla de Dios. No es a mí a quien ha ofendido sino al mismo Dios es, por tanto, aunque nosotros le perdonemos, quien debe perdonar a este pecador. Podemos, no obstante, suplicarle que cumpla lo que nos manda, y perdone a quien le ha ofendido puniendo obstáculos a la salvación de las almas y por tanto en su fe en Él. Vamos pues, todos a suplicarle, con fe y generosidad. Bajó del pulpito y encomendó a todos a que devotamente suplicasen a Dios, Nuestro Señor, tuviese a bien perdonar a aquel pecador, para que volviese a él su salud y sano juicio, y de una vez por todas fuese expulsado de su cuerpo el demonio y el pecado.

Todo el mundo se hincó de rodillas delante del altar, comenzando a cantar en voz baja una letanía. Acercándose al alguacil con una cruz y agua bendita, alzó mi amo de nuevo las manos al cielo, y con los ojos en blanco, comenzó una larga y devota oración.

La gente impresionada por la emoción y las palabras de mi amo, comenzó a llorar, suplicando todos al Señor que le diese la vida al pecador, sino larga vida. Sí, para que tuviese tiempo de arrepentirse de sus pecados y de confesarlos ante Él. Poco a poco el alguacil comenzó a recobrar el sentido, muy lentamente, como quien despierta de una larga borrachera, aturdido y desorientado, para cada vez con movimientos más agiles hincarse de rodillas alabando al Señor, la Virgen y todos los Santos Apóstoles.

Al ver las buenas gentes al alguacil recobrar el sentido y alabar a Dios, todos quedaron sorprendidos y maravillados.

El templo entero quedó impresionado, y quienes no llevaban dineros en esos instantes rogaron que esperase mi amo y no se marcharse hasta que hubiesen podido comprar la bula para ellos y sus familiares.

La noticia se divulgo de tal forma y manera por toda la comarca, que cuando llegábamos a los lugares, no era necesario ni sermón, ni tan siquiera ir a la iglesia. La gente devotamente se acercaba a la posada a comprar bulas como si las dieran de balde,[108] de tal modo que mi amo dio más de mil bulas sin necesidad de gastar una gota de saliva.

[108] Gratis.

Debo confesar que cuando hizo la ceremonia, tanto de la riña como de la iglesia, yo también llegué a creer que era cierto lo que pasaba y estaba tan asombrado como el que más, hasta el punto de si hubiese tenido dinero habría comprado bulas para mi pobre padre, mi sufrida madre, mi hermanito negrito, su padre y hasta el malvado ciego, si yo era culpable de haberle mandado a los infiernos.

Debo decir que muy pronto vi la burla y risas que se traían los dos con el negocio, confiando en mi inocencia y discreción pude llegar a conocer cómo se las había ingeniado el muy astuto e ingenioso de mí amo. Y aun siendo muchacho y no terminar de comprender muy bien el engaño, me hizo gracia ver la facilidad que tienen algunos para robar a la gente inocente, diciéndome a mí mismo:
— ¿Cuántas de estas deben hacer los farsantes y burladores entre la gente ignorante?[109]

Con este quinto amo permanecí cerca de cuatro meses. Con él pasé también bastantes fatigas, aunque me daba muy bien de comer, a costa de clérigos y curas a donde iba a predicar, de haber sido a su costa también habría pasado hambre, porque los dineros bien que se los guardaba para él.

---

109 Lázaro demuestra aquí su buen corazón. No es el pícaro capaz de cualquier cosa con tal de comer o vivir del cuento. Tiene su ética.

Tratado sexto

Lázaro se transforma en un hombre de bien

Después de esto, comencé a trabajar con pintor de panderetas, encargándome yo de molerle y mezclarle los colores, con el cual sufrí también bastantes males y que no siendo dignos de mención prefiero callarme.

Siendo ya un muchacho joven y fuerte, entre un día en la catedral, donde un capellán me ofreció trabajar para él, ofreciéndome trabajar como aguador. Para ello puso a mi disposición un asno, cuatro cántaros y un látigo, con lo cual comencé a repartir agua por toda la ciudad. Hasta entonces siempre había sido menos que criado, con este trabajo subía mi primer escalón hasta poder decir como digo ahora, que vivo bien. Tenía muy buena garganta para vocear y vender mi mercancía y muchas lecciones aprendidas, de mis diversos amos, pues cada uno había sido maestro en una cosa distinta, conociendo bien la ciudad y sus gentes supe sacar provecho al oficio. De lo que ganaba daba a mi amo cada día treinta maravedíes limpios de polvo y paja, mientras que los sábados todo lo que ganaba era para mí, así como los días de diario todo cuanto pasaba de los treinta maravedíes me los quedaba yo, siendo eso la mayoría de los días.

Me fue tan bien el oficio, que, al cabo de cuatro años, puse la ganancia a buen recaudo, pudiéndome comprar ropa usada de caballero: un jubón de algodón, una chaqueta de manga trenzada y cierre delantero y para completar una capa, que en un tiempo había sido frisada y una espada vieja de Cuéllar, pero con buen filo.

Mirándome vestido como un hombre de bien, le devolví el asno y los cántaros a mi amo, pues no deseaba continuar con aquel oficio, convencido como estaba que podría ganarme la vida con menos trabajo y mayor provecho.

Tratado séptimo

Lázaro se arrima a los buenos

Deseoso de comenzar una nueva vida, me coloqué con un alguacil; mas con él estuve muy poco tiempo, por ser un oficio bastante peligroso. Una noche unos delincuentes[110] a quienes íbamos a detener nos corrieron, a mi amo y a mí a pedradas y palos. A él le molieron a palos, yo por suerte tenía buenas piernas, por lo cual no pudieron alcanzarme. Viendo el peligro que suponía y los enemigos que podría conseguir, dejé el trabajo, dando por finalizado mi compromiso con este amo.

---

[110] En el original: "retraidos", es decir, delincuentes que se refugiaban en las iglesias,(retraían) donde no podía entrar la justicia.

Así que, pensando en el modo de ganarme la vida, quiso Dios alumbrarme y ponerme en camino de manera provechosa. Y con la ayuda que tuve de amigos y señores, todos mis trabajaos y fatigas fueron recompensados con creces, consiguiendo un oficio al servicio del rey,[111] sabiendo que no hay nadie que prosperé sino hay nadie que le recomiende. Con tal oficio vivó y resido a día de hoy, al servicio de Dios y de vuestra merced.

Tengo claro que pregonar vinos en esta ciudad es fácil y se venden bien, mucho mejor que el agua.[112] Siendo más rentables las subastas y el pregonar los objetos perdidos. Tampoco está mal acompañar a los perseguidos por la justicia, y pregonar a voces sus delitos, pues como bien sabe vuestra merced, soy buen pregonero y me expreso con un buen romance, aprendido de mis muchos amos, sin desmerecer las enseñanzas de ninguno.[113]

En cierta ocasión, ahorcamos a un apañador en Toledo, llevaba yo una buena soga de esparto y caí en la cuenta de lo que mi primer amo, el ciego, me había dicho en Escalona. Me arrepentí del pago que le di, siendo que me enseñó mucho más que ninguno, que después de Dios, él me dio la posibilidad y las enseñanzas necesarias para llegar a ser lo que hoy soy.[114]

No me resulta nada difícil realizar dichos trabajos; pues es bien sabido que casi todos los oficios que realizo, han pasado antes por mi mano, tanto es así, que cualquiera que en la ciudad tenga que vender

---

[111] Trabajar para el rey, o en la administración pública siempre ha tenido y tiene muchas ventajas. Ser pregonero se consideraba un trabajo infame, pero bien pagado.

[112] Sí el agua le había hecho prosperar, y el vino se vendía mucho mejor, podemos imaginar su alegría.

[113] Ingrata labor, cuando él llevaba camino de ser un perseguido por la justicia, habiéndolo sido sus padres y padrastro.

[114] Añadido a la edición de Alcalá.

vino o cualquier otra cosa, si Lázaro de Tormes no entiende de ello, se hacen cuenta que no han de sacar provecho.

He de decir que, aunque pagan bien mis pregones sobre los delitos de los perseguidos por la justicia, no me gusta mucho realizarlos. Pienso que en muchas ocasiones pude yo verme en parecidas circunstancias. Ver la cara de pena del condenado al salir de la iglesia, camino del patíbulo, no es plato de gusto que apetezca comer aun teniendo hambre. No es, ni hay, preciosa sangre de Cristo que merezca ser derramada, cuando se pueden dedicar esas manos a cosas más provechosas. No es que ponga yo en cuestión la justicia, pero muchas veces se equivoca y a infeliz pasado por la picota[115] no le salvan las lamentaciones.

Durante este tiempo, teniendo noticias de mi buen hacer, el señor arcipreste de San Salvador, mi señor, y servidor suyo, por ser pregonero de sus vinos, decidió casarme con su criada.[116]

---

[115] Ajusticiado. Siempre ha ocurrido igual, con el pobre no tiene consideración la justicia y con el rico, demora la ejecución hasta que prescribe. A lo largo de la historia, solo los pobres han pagado sus culpas y las ajenas. Aquí Lázaro se muestra contrario a la pena de muerte. Una vez ejecutada la sentencia, en caso de ser inocente, no sirve de nada que sea declarado inocente.

[116] Era costumbre entre los clérigos, casar a sus amancebadas con un sirviente para así acallar las malas lenguas. Como no podía estar bajo el mismo techo, el arcipreste les procura la casa de al lado.

Y siendo consciente que de tal persona no me podía venir ningún mal acepté hacerlo gustosamente.

Así fue como me casé con ella y hasta el momento presente no me arrepiento, es una buena mujer, diligente y servicial, teniendo al señor arcipreste contento,[117] y él en contrapartida haciéndome gustoso grandes favores, ayudándome buenamente en lo que puede y está en su mano.

El señor arcipreste es muy generoso con mi mujer. Al año le da algo menos de una carga de trigo, no falta carne en Pascuas, de vez en cuando algún bollo de leche y, cuando las calzas se le quedan viejas, es a mí a quien me las da. Alquilamos una casa aneja a la suya, que se encargó de buscar él. No podemos tener queja de sus detalles para con nosotros. No contento con todos esos obsequios, nos convida a comer casi todos los domingos y fiestas de guardar.

A nadie debe de extrañar, por mucho que conozcamos la santa castidad del señor arcipreste, mi señor, que estas confianzas alimentan las malas lenguas, que nunca han de faltar y que siempre procuran meter cizaña y en no pocas ocasiones no nos impiden dormir por las noches. Por mucho que quiera olvidar la

[117] Pues, eso, que tenía al arcipreste contento sexualmente, se entiende.

sentencia del ciego en Escalona, he pasado muy malas cenas, sin poder evitar pensar en ello. Algunas noches, cuando por enfermedad u obligación, mi mujer no está en mi cama, hasta las laudes[118] y aún más. Y aunque alguien me dijo que duelen al principio; pero que luego ayudan a comer, no deja de ser un quebranto. Cuando dicen de tu mujer al arcipreste le hace la cama, le guisa y otras cosas que la gente imagina y comenta a mis espaldas y que dan que pensar. Algunas personas, mis propios amigos, son quienes aseguran decir la verdad, sobre este asunto.

No se preocupa ella por esas burlas; pero sabe que me afectan y mi señor me ha prometido que no debo hacer caso, me lo ha dicho delante de ella:

---

[118] Una de las partes del oficio divino, que se dice después de maitines. Los maitines es la primera hora canónica que se reza antes de amanecer.

—Lázaro de Tormes, quien hace caso de malas lenguas, nunca prosperará. Digo esto, Porque no me extrañaría que alguno, viendo entrar en mi casa a tu mujer y salir de ella, le diese por suponer lo que no es. Ella entra muy a tu honra y a la suya. Y esto te lo prometo como que hay Dios. Por tanto, no mires a lo que pueden decir, sino a lo que te toca y conviene para tu provecho y futuro.

—Señor, —le contesté —yo decidí arrimarme a buen árbol, es verdad es que algunos de mis amigos me han dicho algo de eso, y aun por más de tres veces me han certificado que, antes de casarse conmigo había parido tres veces.[119] Se lo digo con todo respeto a vuestra merced, porque está ella delante.

Dejando claro que, aunque aceptaba que mi mujer entrase y saliese de su casa de día o de noche, no por ello dejaba de sospechar que era verdad lo que todos me decían.

Al escuchar mis palabras, mi mujer comenzó a soltar juramentos por la boca, a llorar desconsolada, maldiciéndose a sí misma; hasta el punto de desear haber muerto antes de haber escuchado esas palabras pronunciadas por mi boca. Fueron tantas y tan consoladoras las palabras, que yo, por un lado y mi señor por otro, le dijimos y otorgamos, jurándole que por mucho que me doliese o sospechase, que jamás le volvería a mencionar nada de aquello. Que podía salir y

[119] Había abortado.

entrar cuanto quisiese, incluso si era necesario abriríamos puerta entre casa y casa, oculta a los ojos de la gente.

Quedando los tres conformes con el acuerdo. Debo decir que hasta el momento presente nadie nos ha vuelto a escuchar hablar sobre ese asunto. Y cuando alguien quiere decir algo sobre el asunto, rápido le cortó:

— Mira, si realmente eres mi amigo, no me digas nada que me pueda pesar, que entonces no te tendré como amigo. Si vienes a hablar mal de mi mujer, que es la cosa en el mundo que yo más quiero y amó, más que a mí mismo. Al tenerla a ella, Dios me da mucho más de lo que merezco. Te juro sobre la hostia consagrada que es la mejor mujer que vive dentro de las puertas de Toledo, y si alguien me dice lo contrario estoy dispuesto a matarme por defender su honra.[120] — Y diciendo esto todos se callan y yo tengo paz en mi casa.

Esto fue el mismo año que nuestro victorioso Emperador[121] en esta insigne ciudad de Toledo entró y celebró en ella Cortes, celebrándose grandes festejos, como Vuestra Merced habrá oído. En ese tiempo estaba en mi mayor grado de prosperidad, en la cumbre de toda buena fortuna. De lo que de aquí adelante me sucediere, avisaré a Vuestra Merced.

[120] Consentir el amancebamiento por parte del marido estaba castigado con galeras.

[121] La novela termina su acción veinticinco años después, durante la celebración de las Cortes de Castilla en Toledo en 1525 o como yo pienso, se trataría de las Cortes de Castilla de 1538.

El Lazarillo, la España del siglo XVI, la novela picaresca y la sociedad de la época

Paco Arenas

España en el siglo XVI

La historia siempre la escriben los vencedores, este compendio de la España del siglo XVI no está hecho desde ese punto de vista, para ello ya existen otro tipo de prestigiosos trabajos. Por tanto, aquí nos centraremos en los olvidados, en los pobres, en aquellos de los que los historiadores poco se acordaron, buscando la crítica de todo tipo de injusticia, no se hablará en este resumen de las grandes batallas, sino del gran derrotado en todas las guerras y batallas, del pueblo maltratado por la soberbia y la tiranía de aquellos grandes emperadores.

El siglo XVI no fue tan esplendoroso que parece, al menos para la mayoría de los mortales que vivían en aquellos tiempos en España, empieza convulso e inestable, pero con grandes expectativas, el paso de la Edad Media a la Edad Moderna, es el comienzo del Renacimiento, el inicio del Siglo de Oro. El descubrimiento de América le da a España de llegar a convertirse en la primera potencia mundial, a la península llegan riquezas a mansalva...

Es un periodo de transformaciones políticas, con grandes cambios para nuestro país, que convierte a España en la principal potencia europea, que además dispone de recursos económicos y riquezas que llegan de América. La burguesía refuerza su expansión y se interesa por la cultura, también la nobleza y el clero. La imprenta facilita grandemente ese acceso a la cultura y fomenta la creación de universidades. Los grandes maestros de la pintura comienzan a hacer acto de presencia como: Fernando Yáñez de la Almedina, Pedro Berruguete, Pedro Machuca, Juan de Juanes, ganando en calidad conforme avanzaba el siglo, adelantándose a quienes llegarían después durante el siglo XVII. La literatura tanto más de lo mismo: Garcilaso de la Vega, Fray Luis de León, San Juan de la Cruz, Lope de Rueda. Se escribe poesía, novelas de caballerías, sobresaliendo Amadís de Gaula, se desarrolla la novela pastoril, la morisca y nace la novela picaresca, precursora de las que vendrían después, destacando sobre todas el Lazarillo de Tormes.

El reinado de Carlos I comienza mostrando un absolutismo bestial, que muestra el desprecio total por la ley, las normas y la cultura, por las que se rigen los reinos españoles y mostrando también ese mismo desprecio por sus gentes, dejando claro que para el nuevo emperador la única ley valida era la que él en cada momento decidiese. Esta actitud provoca el levantamiento comunero en Castilla y el de las Germanías en Valencia y Mallorca. Las tropas imperiales, comandadas por extranjeros no tienen piedad y aplastan ambos movimientos patrióticos con contundencia.

Es un reinado profundamente marcado con el poder absoluto de un rey que despreciaba a su pueblo y soñaba con extender su imperio todo el mundo bajo una misma corona, la suya. Para la construcción de dicho imperio no reparaba en gastos a cambio conseguía que las grandes riquezas que llegaban a España no sirviesen para modernizar el país, que se modernizó bastante a pesar de todo, sino para engordar las arcas de la corona, los nobles y la Iglesia. Mientras una buena parte de la población predominaba la miseria y el hambre.

A mediados XVI, la iglesia, debilitada durante el reinado de Carlos I, ante el peligro de la expansión de la Reforma protestante, la Inquisición a quemar a diestro y siniestro personas consideradas herejes, en Sevilla, llegó a quemarse en un solo Auto de Fe, cerca de cien personas. Intenta imponer de nuevo valores tradicionales. La Inquisición además de perseguir “herejes” comienza a perseguir libros, pensamientos y personas que son considerados peligrosos para la religión, en un intento de tener todo bajo su imperio de terror. Queda claro la razón por la cual el autor del Lazarillo, oculta desde el primer momento su identidad. Como ya he dicho, el Imperio, solo era visible para los poderosos, la economía para el pueblo llano es de mera subsistencia, basada en una agricultura de secano, la ganadería y la industria textil, con una alta inflación provocada por el oro que llegaba de América y que en muchos casos terminaba gastándose en guerras contra los turcos, los flamencos, los franceses o los ingleses.

El IVA, que parece tan moderno, ya lo habían inventado, con otro nombre, claro está. Existían diversos tipos de impuestos, sobre la compra y venta de muchos productos. Impuestos que la nobleza estaba exenta de pagar, incluidos los hidalgos, del mismo modo que en la actualidad ocurre con las grandes fortunas, que mediante triquiñuelas legales y paraísos fiscales se benefician de los impuestos pagados por quienes tienen menos ingresos. Aquella sociedad, como bien retrata El Lazarillo, se caracterizaba por una gran desigualdad entre sus distintos estamentos. Una nobleza latifundista que recibía rentas sobre las tierras que cultivaban los campesinos, tierras que no disponían de ni de abonos, sistemas eficaces de arado ni regadío. Sin medios económicos para invertir en mejoras, ya que los beneficios se destinaban a pagar el arriendo de las tierras a los nobles, aunque a quienes la trabajaban, no les quedase para poder subsistir y además debían estar agradecidos, porque el noble en cualquier momento tenía la potestad de expulsarlos de sus tierras y de sus casas. Durante el S. XIV, las clases populares vivían de un modo extremadamente pobre, como bien se refleja en la novela. La pobreza y el hambre eran generalizadas entre quienes trabajaban, muy sutilmente Quevedo, nacido en el siglo XVI, lo expresa así:

A la Pobreza

Hambrienta, rota, inquieta, disgustada,
pálida, débil, triste y congojosa,
cortés, humilde, inútil, ingeniosa,
baja, ruin, civil, ocasionada;
de todo el mundo con razón odiada,
de cuantas cosas miras, deseosa;
en sujetos honrados, vergonzosa,
y en los que no lo son desvergonzada;
símbolo sin razón, sosa, afligida,
noche de la verdad y entendimiento,
ruina del valor y la nobleza,
riguroso verdugo de la vida
y de las almas infernal tormento:

eres infame y mísera, Pobreza.

Este poema de Quevedo, lo vemos también reflejado en la novela del Lazarillo, el hambre produce deshonra, por ella somos capaces de somos capaces de robar y de multitud de reacciones que de no sufrirla nunca llevaríamos a cabo; pero también provoca el ingenio con tal de acabar con ella. Lo vemos en la evolución de Lázaro a lo largo de toda la novela, siendo capaz de ser generoso con el escudero, pero con el tiempo, por miedo a volver a ella, es capaz de cualquier infamia, de la mentira, la deshonra de saber que su mujer *le hace la cama al arcipreste*, incluso de matar, con tal de no volver a su estado anterior y seguir disfrutando del favor del arcipreste. Está escarmentado, no solo por su experiencia personal, sino también por la de su padre y padrastro.

Tanto para el Emperador Carlos I, como para su hijo Felipe II, no les importa esa hambre que como dice el dicho popular *es el camino del infierno*, lo importante para ambos era hacer crecer sus posesiones, mantener un ejército al que en ocasiones no llegaba la paga y se amotinaba, siendo muy famosos los motines provocados por estas circunstancias por los Tercios de Flandes, que llegaban a asaltar ciudades enteras, saqueando, matando y violando. Para sufragar esas campañas militares carecían de todo tipo de escrúpulos por lo cual crearon un imperio inmensamente rico, con los pies de barro, la mayor parte del pueblo era inmensamente pobre. Ese culto a la soberbia de los dos grandes emperadores tenía sus víctimas, las clases populares, porque la nobleza no pagaba impuestos, incluidos dentro de la nobleza, los más pobres de ella, los hidalgos, también estaban exentos de pagarlos.

Frente a los dos grupos de privilegiados, nobleza y clero se encontraban los llamados "pecheros". Entre los que se integraban múltiples estamentos sociales, que a groso modo pueden dividirse en tres grupos, que a la vez podrán dividirse en múltiples:

- — Comerciantes, banqueros, funcionarios etc.
- — Artesanos, distintos y variados tipos de oficios.
- — Los campesinos, extensa y variada categoría social que agruparía a toda la población rural.

El monopolio sobre el comercio americano se lo quedó la corona en exclusividad a través de la Casa de contratación, en Sevilla, donde se almacenaban las mercancías que después se exportaban a América, donde también llegaban barcos cargados con diversos productos coloniales, entre ellos oro y plata, a los puertos de Cádiz y Sevilla. Todo esto le daba grandes beneficios a la corona.

Una industria que daba grandes beneficios y era prospera, como era la industria textil, fue hundida durante ese siglo. Con la excusa de una excesiva demanda de paños, la corona propicia la entrada de telas extranjeras, mucho más baratos, terminan por acaparar el mercado nacional. Quinientos años después continuamos cometiendo los mismos errores.

Sobre el nacimiento de Lázaro de Tormes y Carlos I y la labor de las comadronas

Lázaro de manera accidental nace en una aceña, que era un molino movido por la corriente del río, en aquella época resultaba bastante habitual que las mujeres diesen a luz en cualquier sitio, dependiendo de la faena que estuviesen haciendo, ya fuese segando, moliendo o bailando, como ocurriese a Juana la Loca con Carlos I, que mientras la celebración de un baile en el palacio de Gante (Flandes), sintiéndose indispuesta fue a evacuar y al hacer fuerza se encontró con que en lugar de heces salía Carlos I, para su suerte y desgracia de millones de personas. Para sufragar las mismas carecía de todo tipo de escrúpulos por lo cual en un imperio inmensamente rico la mayor parte del pueblo era inmensamente pobre.

En aquellos tiempos las parteras y comadronas ya existían, aunque solían ocupar una posición poco reconocida en la sociedad, realizando dicha labor vecinas o parientes de la parturienta. Precisamente a partir del siglo XVI, siglo del Lazarillo, los médicos graduados en las universidades comienzan a menospreciar la gran labor llevada a cabo por estas mujeres, generalmente de condición humilde y con el tiempo la mujer fue relegada de dicha labor por los médicos, que eran exclusivamente hombres, por lo que si no llegaron a desaparecer fue por la necesidad inmediata de atender a la parturienta y también por el tesón de las comadronas que se resistieron a desaparecer. También en el siglo XVI se regula y dicha profesión, e incluso el mallorquín Damián Carbón, publica el primer tratado en lengua castellana, sobre el tema, con el largo título*: Libro del arte de las comadres o madrinas y del regimiento de las preñadas y paridas de los niños*

No obstante, resultaba bastante común que las mujeres pariesen por si solas en cuclillas o con las nalgas o las rodillas en alto, exactamente como lo siguen haciendo en la actualidad diversas tribus primitivas. Lo que no era común era el parto en la cama, a pesar de que películas basadas en aquella época, e incluso anteriores nos presenten ese modo de parir. Por tanto, como ya he dicho, no resultaba nada extraño que una mujer pariese en el molino, en el sembrado o durante un baile, aunque normalmente las mujeres de las clases altas, tuviesen a su disposición comadronas o parteras de reconocido prestigio. En aquellos tiempos resultaba bastante común que durante el parto muriese la parturienta, la criatura o ambos, entre otras razones debido a que el cuerpo de la parturienta, por edad, todavía no estaba adaptado para parir. En el caso de muerte de la madre, la criatura debía ser amamantada por alguna pariente, en el caso de familias pobres, o de una nodriza entre las clases acomodadas, cosa que no era difícil ya que los embarazos ocupaban gran parte de la vida fértil de las mujeres. Entre las familias nobles la necesidad de un heredero varón era fundamental, se crearon mil formas de lograrlo, con un sinfín de trucos que claramente eran supersticiones y que si los hubiesen aplicado en las clases humildes tal vez hubiesen sido acusados de brujería y quemados o quemadas en la hoguera. Uno de estos remedios para conseguir tener un hijo varón consistía en dar a la embarazada de manera pautada dar de beber a la mujer vino con matriz e intestinos pulverizados de liebre.

Por último, en este apartado decir, que había también niños no deseados de mujeres solteras, o como en el caso de la mujer de Lázaro, que mantenían una relación estable con el arcipreste de la Iglesia de San Salvador. Por cierto, no existe tal iglesia en Toledo, por lo que al parecer se refiere el autor de la novela, al mismísimo obispo de Toledo. ¿Qué ocurría con estos niños de madres solteras, casadas con el marido en la guerra, galeras, amantes o prostitutas? Los niños eran abandonados a altas horas de la noche, en las puertas de las iglesias o en los conventos. Eran tantos que ya en 1563 se crea en Madrid la primera inclusa, en el convento de la Victoria, asumiendo la recogida de niños expósitos madrileños para dales cobijo y alimento. Al tiempo que se organizó el modo de recogida, habilitando en las puertas de conventos e iglesias un pequeño habitáculo para ser depositado de manera anónima el bebé, colocándose al otro lado del mismo una persona para intentar convencer al o la depositante de que no lo hiciese. Una vez la persona dejaba al niño, inmediatamente pasaba a la llamada Sala de los Collares, donde se inscribía y se les colgaba su inscripción en sello de plomo que pendía del cuello. A continuación, eran bautizados y asignándoles un ama o nodriza. A la inclusa no solo iban hijos de pobres, sino de *doncellas* de la alta sociedad, en esos casos junto con el bebé, dejaban notas escritas con elegante caligrafía, advirtiendo si la criatura estaba ya o no bautizada. Solo en la inclusa de Madrid se recogían anualmente entre 300 y 700 niños, es necesario precisar que Madrid en aquellos tiempos era una ciudad pequeña de veinte mil habitantes, que fue creciendo desde que fuese declarada capital del Reino, en 1561, de manera vertiginosa, llegando a los 60.000 habitantes al final del siglo.

Curiosidades sobre El Lazarillo y el siglo XVI

Tiempo en que transcurre la novela y cuando se escribió

Mi mayor afición es la historia, sobre todo en todo lo que tiene que ver con las clases más humildes. No me limito a leer la historia, también a investigar. Más que los grandes acontecimientos la historia real de la gente de a pie, del mundo que le tocó vivir a lázaro de Tormes. Puedo presumir de haber dado con algunas claves hasta ahora no tenidas en cuenta por los estudiosos de la obra. Tal vez esté equivocado, tan solo soy un aficionado al lado de doctos investigadores, que han afirmado esto y lo contrario con muy razonados argumentos. Sin embargo, algunos estudiosos de la obra han sostenido tesis que se caen por su propio peso, y que no tienen ni pies ni cabeza, sobre todo por no haber tenido en cuenta que el Lazarillo de Tormes son dos libros, no necesariamente del mismo autor y que en el segundo están muchas claves para entender el primero. Resultaba frecuente en la época escribir segundas partes al hilo del éxito de la primera, añadiendo o sacando libros aparte. Recordemos La Celestina, posiblemente obra de dos autores diferentes, Guzmán de Alfarache, de Mateo Alemán (1599- Madrid, mientras que la Segunda parte de Guzmán de Alfarache, fue publicada en Lisboa en 1604, por Juan Martí. Hasta El Quijote, tiene dos segundas partes: Segundo tomo del ingenioso hidalgo don Quixote de La Mancha (El Quijote de Avellaneda) escrito por Alonso Fernández de Avellaneda; y por supuesto Segunda parte del ingenioso caballero don Quijote de la Mancha, escrita por Miguel de Cervantes.

El autor del Lazarillo desde el principio nos aporta datos sobre la fecha aproximada de su nacimiento, así como de la finalización del libro. En principio parece que resulta fácil saber el tiempo que transcurre la novela, pero hasta eso es un misterio. El primer dato histórico que nos menciona es el de la Jornada de Los Gelves, donde su padre murió al servicio de un caballero, como acemilero (mulero), cumpliendo una condena en galeras. El primer suceso con este nombre tuvo lugar en entre julio y octubre de 1510 y murieron entre 2000 y 4000 españoles, durante el reinado de Fernando El Católico, aunque a lo largo del siglo XVI, ya siendo emperador Carlos I, se repitieron otros desastres frente a las costas argelinas, en 1522, posteriormente en 1541, la conocida como la Jornada de Argel, donde posiblemente morirían más de 10.000 españoles, y se produjeron más cinco mil cautivos. A pesar de ser unos hechos más graves que los anteriores hay muy poca constancia de los mismos en los libros de historia. Desastre que se debe a la torpeza del emperador y al abandono a su suerte de la guarnición. La férrea censura de la época hizo que no se llegase a hablar del desastre, pues supuestamente la misión era avalada por el mismo Dios, representado en la persona del Emperador. Por supuesto, mucho menos se facilitó las cosas para que se investigase, por lo cual las cifras pueden ser incluso mucho mayores. Posiblemente a este desastre es al que se refiere el autor de la segunda parte del Lazarillo, el cual se intentó por todos los medios mostrar lo sucedido a la opinión pública. El autor habla "*de lo Argel*", desafiando por tanto la prohibición del Emperador, a la vez impidiendo que esa segunda pudiese ser publicada en España.

La Jornada de Argel que se intentó ocultar de todos modos y maneras, ya que se debió sobre todo al fanatismo de quien se creía designado por Dios y poseedor de toda verdad, el Emperador, y que por su causa murieron tantos miles de españoles desde antes de reinar hasta que el diablo se lo llevó de Yuste.

Otro desastre fue la llamada batalla de los Geles, en 1560, con unas cifras en torno a 9000 muertos españoles y unos 5000 cautivos, pero para entonces ya estaba publicada la novela del Lazarillo de Tormes y retirada de la circulación por la Inquisición, su primera parte de manera provisional y su segunda prácticamente de manera definitiva, si bien circularía una versión de la primera parte cercenada y manipulada para quitarle el espíritu anticlerical, de la segunda solo circuló en el extranjero y permaneció prohibida durante más de 300 años. Después tampoco ha existido mucha voluntad de ser publicada, debido a una supuesta falta de calidad literaria, que, si bien es bastante inferior a la primera parte y no tiene nada que ver, los motivos también son políticos, por retratar la idiosincrasia de la corte española, disfrazada de una corte submarina de atunes y sobre todo a mi entender por criticar aquella.

Regresemos a la cuestión del inicio de la novela:

Por tanto, si al padre de Lázaro le apresaron cuando éste contaba siete u ocho años y murió en durante la Jornada de los Gelves, podemos decir que Lázaro nacería en torno a 1500, o 1515, inclinándome yo personalmente por la segunda fecha, dando por sentado que al desastre de Geles al que se refiere es al de 1522.

Del mismo modo podemos decir, que el libro termina su acción veinticinco años después, durante la celebración de las Cortes de Castilla en Toledo en 1525 si damos por sentado la primera fecha. Si por el contrario nos inclinamos por la segunda fecha, se trataría de las Cortes de Castilla de 1538. Este dato nos lo aporta al final del libro, cuando dice:

"Esto fue el mismo año que nuestro victorioso Emperador en esta insigne ciudad de Toledo entró y tuvo en ella Cortes, y se hicieron grandes regocijos, como Vuestra Merced habrá oído. Pues en este tiempo estaba en mi prosperidad y en la cumbre de toda buena fortuna."

Quiero y pienso que, en este último texto, que se trata de la segunda fecha de 1538. De ser la primera escondería cierta malévola ironía. Toledo representaba el símbolo de resistencia y lucha por las libertades castellanas contra las pretensiones absolutistas del Emperador Carlos V de Alemania. Celebrar Cortes en Toledo, representó para muchos toledanos una gran humillación, más si se tiene en cuenta que tan solo tres años antes había resistido valerosamente contra las tropas imperiales bajo las órdenes de María Pacheco, y que en las iglesias de Toledo y toda Castilla podía leerse:

"Tú, tierra de Castilla, muy desgraciada y maldita eres al sufrir que un tan noble reino como eres, sea gobernado por quienes no te tienen amor"

Si bien estoy convencido de que se trata del segundo periodo, de 1515 a 1538, de ser la primera fecha estos últimos párrafos están cargados de ironía y que no es casual que terminé con ellos. De ser la primera fecha, resulta cuanto menos extraño que no mencione para nada lo relativo a la Guerra de Comunidades. Supongo que, por tener, el anónimo autor, la seguridad de que, en caso de hacerlo, su novela jamás hubiese visto la luz por razones políticas, o porque como estoy convencido hable de las Cortes de Castilla 1538, y esa circunstancia fuese ya un suceso lejano, más si se escribió después de 1545 o incluso más tarde. Sea cualquiera de os dos periodos ambos casos se da la circunstancia que el tiempo en que transcurre es el mismo entre el inicio y el final de la novela, 25 años. Cualquiera de los dos podría ser válido, sino fuese por un hecho que nadie ha tenido en cuenta y que aporto tras investigar y estudiar la primera y la segunda parte del Lazarillo.

En la segunda parte, ignorada por la mayoría de los estudiosos de la obra, nos da pistas bastante claras sobre a los hechos a los que se refiere, en esa segunda parte nos aporta datos y desastres ocurridos frente a las costas argelinas en años anteriores, y al desastre en el cual Lázaro pasa de hombre a atún para luego de nuevo tras cuatro años en el mar regresar a su forma humana. Esos detalles los desarrollaré más adelante cuando termine de comprobar unos datos. Puedo adelantar casi con total seguridad que al desastre que da lugar a la segunda parte, sin duda se trata del desastre de Argel, entre el 21 y el 25 de octubre de 1541 el mayor error, cobardía, desidia o desprecio por la vida de los soldados españoles de Carlos I. Suceso en el que murieron, como ya dije, más de 10.000 españoles y más de otros cinco mil fueron hechos prisioneros y que explícitamente el propio emperador prohibió su investigación. Razón por la cual el autor del Lazarillo no publicó la segunda parte en España, sino en Amberes en 1555.

La novela picaresca

La novela picaresca nace precisamente con La vida de Lazarillo de Tormes y de sus fortunas y adversidades, que se publicó en varios lugares a la vez en 1554. Con El Lazarillo se inicia el nacimiento de un género novelístico completamente nuevo que tuvo lugar en España en el siglo XVI. Sin lugar a dudas podemos decir que nace la novela moderna, propiamente dicha. Mucho se ha especulado por el motivo de nacer en España este tipo de novela, cualquier razón o causa resulta tan difícil de dilucidar como el saber realmente quien fue su autor. Dicen que hubo una versión publicada en 1553, de la cual saldrían las posteriores publicadas en Burgos, Amberes, Medina del campo y Alcalá de Henares.

La novela picaresca está escrita en estilo epistolar, como sí se tratase de una carta dirigida a alguien importante, a un protector. Escrita en primera persona, cuenta con gran realismo la vida del protagonista desde su nacimiento hasta la edad adulta. Se trata de un género nuevo y bien definido, con enorme repercusión social y literaria.

El Lazarillo tiene una estructura diferente con respecto a lo visto hasta entonces, tanto en externamente como interiormente. Si bien en otros países de desarrollan obras relacionadas con la situación de las clases más humildes, delincuentes, vagabundos; siempre sacan lo cómico y ridículo de las situaciones, buscando la burla, no la denuncia social. El Lazarillo, sin embargo, es realista, no busca la chanza vana, sino la denuncia de una situación injusta, de la corrupción imperante en todas las capas de la sociedad, muy especialmente en el clero y la nobleza, que tiene tantas semejanzas con la sociedad actual. El personaje de Lázaro, bien podría vivir en nuestras modernas ciudades, vivir de un empleo precario y buscar en ocasiones el sustento en los contenedores de basura.

La novela picaresca, en todos los casos tiene como personaje central un pícaro, ladrón, desharrapado, mendigo. Todos de muy bajo rango social, descendientes de padres sin honor, marginales o delincuentes, que utilizan el ingenio o la picardía para sobrevivir en un mundo hostil. Se trata siempre de un antihéroe totalmente opuesto al ideal caballeresco. El pícaro en sí mismo no tiene por qué comportarse como un delincuente, al contrario, cualquiera de los amos de Lázaro son peores personas de lo que pueda ser él. Lázaro es una buena persona, lo demuestra con el escudero, no busca el mal de sus amos, solo la supervivencia. El único acto que actúa con maldad lo realiza cuando toma venganza del ciego. Acto del cual se arrepiente en todo momento, sintiendo gran remordimiento y reconociendo en la persona del ciego a su mayor maestro. Su objetivo, además de comer y sobrevivir es prosperar, para lo cual recurre al engaño. Vive al margen de los cánones de la época, en cuanto al honor y su mayor riqueza es la libertad de la que supuestamente goza encadenado a su miseria o el capricho de sus amos.

Por tanto, el principio de la novela picaresca se ciñe bastante al prototipo que nos retrata el autor del Lazarillo, una persona que se ve abocado por las circunstancias, que le atacan por todos los costados. Solo tiene una forma de sobrevivir de acuerdo a su indefensión ante la adversidad, el engaño. El hambre agudiza el ingenio, y los protagonistas de la novela picaresca pasan mucha. Al mismo tiempo, sus hurtos o engaños suelen dar pocos rendimientos, y a lo mucho que les ayuda es a salir del paso por unos días, semanas o tal vez solo unas horas. Nadie los quiere cerca, y la sociedad los ve como una amenaza, en ocasiones solo para las conciencias, que al verlos moralmente saben que deben ayudarles; aunque sea con una mísera limosna, que les ayude a estar a bien con Dios. No obstante, preferirían que las autoridades los quitasen de las calles, si no los ven, no necesitan rascarse la faldiquera ni tener problemas de conciencia.

El Lazarillo como crítica social es una auténtica revolución en la novelística. Más si cogemos como continuación la segunda parte editada conjuntamente con la primera en Amberes, podemos decir que pone en solfa absolutamente a todas las capas sociales privilegiadas, sacando sus defectos a la luz con ingenio y gracia. Entre ambas obras, repasa desde el más humilde, el ciego pordiosero, pasando por el cura de pueblo, el querer y no poder del escudero, el fraile promiscuo, el sacristán, que a pesar de ayudarle se aprovecha en su beneficio de él, el pintor de panderos, que también lo maltrata, el buldero, que engaña a todo bicho viviente en nombre de Dios, y juega con la ignorancia de esos curas, no menos picaros, que ingresan en la orden sacerdotal como único medio de poder comer todos los días si es posible, con el mínimo esfuerzo, el arcipreste de Salvador.

Si bien nace en España, termina expandiéndose por todo el mundo. Nace como consecuencia de todo lo que rodeo al Siglo de Oro Español, guerras de religión, protestantismo, lucha contra el turco, movimientos culturales y literarios, miseria extrema por un lado y nobleza opulenta por otro, con una escasa burguesía y capas intermedias. Sí, había nobles de baja estofa o pelaje, como nuestro escudero, con más apariencias que realidades.

La religión y los conventos eran salida para una vida de miseria: Sacerdotes, frailes o monjes que lo eran, no por vocación, sino por poder comer. Eran muchos que no habían llegado al sacerdocio por estudiar teología, sino por corruptelas para así poder vivir mejor de lo que habría vivido de no serlo. Buena muestra de ello tenemos en todos cuantos aparecen en El Lazarillo, desde el clérigo que lo mata de hambre, al fraile de La Merced, un trotaconventos con todas las de la ley; y muy bien explicado en el tratado quinto, El buldero, lo primero que hacía era informarse de la cultura del párroco, para engañarlos de un modo u otro. Corona la colección con su coronamiento por parte del arcipreste.

Los picaros, siempre eran gentes pobres, pero por muchos que hubiese en las calles, en los ejércitos, muchos más había en los palacios, desde el Emperador, incluido este, para abajo. La novela picaresca retrata eso, una España podrida desde las raíces hasta las más altas ramas, los picaros, son los más inocentes, aunque se les presente como gentes sin honor. Como siempre los legisladores perseguían entonces y ahora los pequeños hurtos de supervivencia, la truhanería o la mendicidad. Recodemos el decreto de Toledo contra los mendigos forasteros, que tuvo enclaustrados a Lázaro y el escudero en la casa triste y oscura, no olvidemos el decreto del Ayuntamiento de Madrid de septiembre de 2009, gobernado entonces por Ana Botella, que multaba con 750 euros a los mendigos que rebuscasen comida en la basura.

Está claro que la novela picaresca no es un fiel espejo de la realidad, o tal vez sí, es ante todo una recreación literaria singular, que al mismo tiempo retrata la sociedad de su tiempo, más desde el punto de vista del que sufre, que desde el que disfruta de su lectura. Narrada con maestría, puede aparecer como sátira burlesca que haga reír y disfrutar hasta a los mismos responsables de la desgracia de los protagonistas. No olvidemos que fue decisión del mismo Felipe II, el volver a imprimir la primera parte del Lazarillo, tras la prohibición por parte de la Inquisición.

Puntos en común de la novela picaresca

El protagonista es un antihéroe, lo contrario de un caballero "*literario*" plasmado de virtudes. Por regla general es un trotamundos, nos enseña durante toda la novela los lugares donde vive. Al mismo mendigo se cansan muy pronto de darle limosna, de ahí su peregrinaje. Lázaro de Salamanca a Toledo, pasando por multitud de lugares. El Buscón, de Quevedo recorre media España, Estebanillo González, recorre parte de Europa, Flandes. Por lo común es que sea el hambre lo que avive su ingenio. Todas son autobiográficas, como si el protagonista y a la vez el autor narrase arrepentido sus propias vivencias con la sana intención de moralizar, a pesar de las circunstancias que le han rodeado en la vida desde el primer día de su existencia. Al ser su estructura autobiográfica están escritas desde el punto de vista del protagonista, el pícaro. La trama suele abarcar gran parte de su existencia y en ellas nos narran sus peripecias con los distintos amos. Tampoco falta el humor, no ya solo para buscar la risa fácil, sino como efecto ejemplarizante y crítica social. El pícaro, por mucho que lo intenta, siempre fracasa, siempre tendrá la amenaza de sus orígenes y su condición de pícaro. Busca ganarse la simpatía del lector, reconociendo sus propios errores y propósito de enmienda. Esta perspectiva de La vida de Lazarillo de Tormes, fue contestada por Mateo Alemán, Francisco de Quevedo, Miguel de Cervantes entre otros autores en años posteriores, por contravenir la doctrina católica del libre albedrío tan importante en la Contrarreforma.

Otras novelas picarescas:

Guzmán de Alfarache, de Mateo Alemán (1599- Madrid, Segunda parte de Guzmán de Alfarache, publicada en Lisboa en 1604, por Juan Martí, Segunda parte de la vida del Lazarillo de Tormes (Amberes 1555), Segunda parte de la vida del Lazarillo de Tormes (París 1620), El buscón, de Quevedo (1626), Libro de entretenimiento de la pícara Justina (1605), La hija de la Celestina (1612), y La ingeniosa Elena (1614). Rinconete, Alonso Jerónimo de Salas Barbadillo, La hija de la Celestina (1612) Gregorio González, El guitón Honofre (1604), Cortadillo de Miguel de Cervantes, Vicente Espinel, Relaciones de la vida del escudero Marcos de Obregón (1618). El diablo Cojuelo de Luis Vélez de Guevara, El viaje entretenido (1603) de Agustín de Rojas Villandrando, La varia fortuna del soldado Píndaro (1626) de Gonzalo de Céspedes y Meneses, las novelas cortesanas con matices picarescos Las harpías de Madrid y coche de las estafas (1631), La niña de los embustes, Teresa de Manzanares, Aventuras del bachiller Trapaza y su continuación La garduña de Sevilla y anzuelo de las bolsas (1642) de Alonso de Castillo Solórzano, Los antojos de mejor vista de Rodrigo Fernández de Ribera, El castigo de la miseria de María de Zayas y Sotomayor…

¿Cuántas segundas partes existen de El Lazarillo?

¿Existen dos segundas partes o solo una? Sí y no. Vamos a ver, podríamos hacernos la misma pregunta con El Quijote. ¿No? La respuesta sería no. Sin embargo, según su pie de imprenta falso, fue publicada una segunda parte en Tarragona en el año 1614, bajo el título de ***"Segundo tomo del ingenioso hidalgo don Quijote de la Mancha"***. No obstante a nadie se le ocurre aceptad como la segunda parte de ***"El Ingenioso Hidalgo Don Quijote de la Mancha"***, sino que consideran la segunda parte la publicada por Miguel de Cervantes: ***"Segunda parte del ingenioso caballero don Quijote de la Mancha"***. A pesar de ello, autoridades, autores y editores, desde antiguo han querido darle a la "***Segunda parte de El Lazarillo de Tormes"***, publicada por Juan de Luna en Paris en 1620, sesenta y seis años después de la publicación de El Lazarillo, el honor de ser la segunda parte de tan genial novela, condenando al ostracismo a ***"La segunda parte de Lazarillo de Tormes y de sus fortunas y adversidades"***, publicada en Amberes, justo un año después, y conjuntamente con la primera parte, y prohibida por la Inquisición cuatro años más tarde.

Muchos investigadores han preferido quedarse con la versión de Juan de Luna escrita en 1620). No obstante, "***La segunda parte de Lazarillo de Tormes y de sus fortunas y adversidades***" publicada en Amberes en 1555, desvela algunos enigmas de El Lazarillo. Esta obra está escrita en modo de clave, buscando despistar la labor de la Inquisición (que a pesar de todo la termina prohibiendo antes de que llegue a publicarse en España). El autor de esta segunda parte crea un imperio paralelo en el mar, un imperio corrupto, semejante a la Corte de Carlos V. Los Inquisidores, sí, supieron ver que la clave, la crítica al sistema, a la corrupción de la Corona, a la codicia de la sociedad, a la hipocresía, a la ignorancia, la sumisión del pueblo y la cobardía de la Nobleza y de la Iglesia...

Esa, y no otra, fue la razón por la cual la segunda parte de El Lazarillo permaneció prohibida en España durante más de trescientos años, no por razones religiosas sino por cuestiones meramente políticas. Veamos algunos extractos de esta segunda parte, que además aporta hechos históricos y con mayor claridad que su hermano mayor:

El primer capítulo es un enlace con el anterior libro, explica lo bien que le va en la vida, con algún consentimiento que otro, en los que salen a la luz los celos y la codicia de Lázaro:

"Debo reconocer que me sentí intrigado, sabiendo que era conocido por haber sido el bastón de un ciego astuto, por mordisquear el pan de un tacaño sacerdote, o peor aún por servir a un escudero sin dinero al que tuve que mantener yo. Quería, lleno de razón, sacar a los moros de su error y arrogancia, y me veía como un capitán hundiendo barcos turcos, lleno de oro y joyas para mí y mi adorable esposa e hija. Comenzando con estos pensamientos a sentir codicia; se lo dije a mi mujer, y ella, tal vez con gana de volver con el señor el Arcipreste...

***

"Para mi alegría y linaje mi mujer parió una hermosa niña con olor a santidad, que, aunque yo tenía alguna sospecha, ella me juró que era mía. Si bien yo quise creerla, hasta que a la fortuna le pareció haberse olvidado de ser justa para volver a mostrar su airado y severo gesto cruel, siendo una chiquilla de lo más preciosa y sonrosada, se parecía al señor arcipreste más que a mí, aguándome en estos pocos años de sabrosa y descansada vida con otros tantos de trabajos y amarga muerte, pesadillas que creía superadas y que ahora viendo lo más tierno de mi vida regresaban como puñales sobre mis sienes...

***

Hay muchas referencias al ejército y sus corruptelas, a lo valeroso de los capitanes que lo comandan:

"Los capitanes junto con gente de alto rango, mi amo incluido, viajaban en nuestra nave saltaron y subieron a otras mejores, aunque la verdad pocas había que pudiesen ayudar. Quedamos los pobres y más humildes en nuestra destrozada y triste nave, porque la justicia y la cuaresma decidieron que unos tenían preferencia sobre otros, ya se sabe que cuanto más alto el cargo más ruin es el mando, y no lo digo por Vuestra Merced ni quiero que piense que hay animosidad contra nuestros capitanes..."

***

"Abandonados por aquellos que hubiesen sabido guiar nuestro destino, nos encomendamos a Dios y comenzamos a confesarnos unos a otros, porque los dos clérigos que iban en nuestra compañía, como decían ser caballeros de Jesucristo, se marcharon con nuestros valientes capitanes abandonándonos por pobres, no se extrañe pues Vuestra Merced que repita que cuanto más abolengo y más dineros tienen que perder, más cobardes son los caballeros."

***

No se escapa de la crítica del autor las leyes sobre las mujeres y los caprichos sexuales de los monarcas y alta nobleza y las bulas que concedía la Iglesia para la tenencia de amantes a reyes y señores:

"Al rey se le gusto tanto la bella Luna y sabiendo que su cuerpo no había sido tocado por atún alguno, a pesar de tener esposas y entretenidas, procuró con su voluntad, agasajos y promesas, conseguir su amor, y bien creo yo, que la hermosa Luna no lo hizo por consejo y parecer de su hermana. Sabedor el buen Licio, mi interés por ella me lo confió pidiéndome mi parecer. Yo le dije que me parecía que no era muy equivocado aceptar la propuesta, mayormente que sería gran ayuda para su liberación. Y así fue, que la señora Luna gusto tanto a su majestad y él correspondido, que, a los ocho días de su real casamiento, lo que pidiera fue concedido y fuimos todos perdonados..."

***

"Finalmente, me dan, la ya no tan hermosa, ni tan entera, Luna por mía, que al igual que la tierra, los reyes cuando se cansan de sus entretenidas las casan con cortesanos para seguir usándolas si están todavía hermosas o las encierran en los conventos como si fuesen vírgenes inmaculadas aunque hayan parido una docena de criaturas, que el Concilio de Trento, esa gracia da a los señores, sino quieren condenarse al infierno, la misma entretenida no les ha de durar un año, y por Dios que no se condenan al infierno por ese hecho, que cogen doncellas vírgenes y una vez paridas ya están en el convento o de esposas de pajes, criados e incluso caballeros que dan el gusto al rey y la potestad para yacer con sus esposas cual arrendamiento de balde, esperando favores y dadivas del emperador. Pero en el mar, no hay conventos y es costumbre aquí, que cuando un señor o rey se cansa de una entretenida o la dé a un caballero menor o esté obligado a comérsela, por lo cual o la casaba conmigo o no le quedaba otra a su majestad que comérsela, y siendo cuñada de su gran capitán no le pareció bien tal cuestión...

***

Tampoco escapa la sumisión de los nobles ante el rey, con tal de conseguir prebendas:

"El rey liberó a su nuevo cuñado y ordenó que todos fuésemos a palacio. Licio besó la cola del rey, y él se la dio de buena gana, y yo hice lo mismo, aunque de mala gana, en cuanto que como hombre no resulta agradable dar un beso en tal lugar..."

***

Hay varias referencias al funcionamiento de la Justicia y la corrupción en la misma y de todos los estamentos, incluido el rey:

"Persia dio un cruel castigo a un mal juez, haciéndole desollar, y teniendo tendida la pierna en la silla judicial hizo sentar en ella a un hijo del mal juez; y así, el rey bárbaro encontró la maravillosa y nueva forma que ningún juez, en adelante, fuese corrompido, tal debería hacerse a jueces, ministros y cortesanos, que hasta en el fondo del mar se corrompen ante el brillo del oro, no es de recibo que los gobernantes roben a los peces en su provecho, pero cuando el rey es el primero, todos le imitan. Sobre este punto decía el otro, que donde la afición a robar reina, la razón no es entendida; y que el buen legislador pocas cosas puede conseguir para que los jueces actúen, porque existiendo las leyes, los jueces muchas veces son pervertidos o por amor o por odio, o por dádivas, son inducidos a dar muy injustas sentencias o guardarlas en un cajón si al ladrón y al juez conviene, ya sea por regalos, favores o afinidad, y por tanto dice la Escritura:

—Juez, no tomes dones, que ciegan a los prudentes y tornan al revés las palabras de los justos..."

***

"Mas por hacer lo que tengo dicho, que me mandó el rey, pasé por alto el aplicar justicia muy a mi pesar con su persona. A mi parecer el rey no quería que se rascase la costra por si se llevaba más de un arañazo él en su persona..."

***

"Su majestad lo recibió con aquel amor que merecían los peces que tanto le había servido y honrado, y departió con él mucho tiempo. Le dio muy cumplidas gracias a los que le habían seguido, de manera que todos quedaron contentos y pagados, unos con las gracias de su majestad y su majestad con las riquezas obtenidas como botín."

***

"A pesar de comprobar que lo que halló en casa del general no podía haber sido adquirido de manera licita, sino robándoselo a él, a sus súbditos y sobre todo a sus víctimas, ni a unos ni a otras tuvo el

rey en cuenta a la hora de apropiarse de las riquezas que guardaba el malvado don Paver..."

***

También critica al circo que por cualquier motivo se monta con tal de entretener al pueblo:

"En realidad yo había pasado a ser un trofeo de caza, de esos que cuelgan en sus paredes, ya me veía entre un toro y un tigre, con mi cabeza colocada a medio descubrir."

"Me llevaron a una plaza que está junto a su casa, montaron un tablado que más bien parecía un cadalso donde habitualmente se ahorcan a los malhechores, rece y pedí ayuda para que ese no fuese mi final. No debería temer pues según me dijeron era para que todos me viesen, acudieron habitantes de Sevilla y de otras partes de Andalucía, no cabía un alfiler ni en la plaza ni en las calles adyacentes, ni en los tejados y terrados. Después mandó el duque que fuesen en mi busca y me sacasen en una jaula, todos querían tocarme a pesar del fuerte olor que desprendía, que hasta a mí me asfixiaba, no podía menos que pensar lo que ocurriría de no haber barrotes de por medio.

***

— ¡Oh gran Dios! — Decía — ¿qué es lo que en mí se ha renovado? Porque en realidad lo que soy es un hombre enjaulado..."

***

No deja de lado nada de la sociedad de la época, ataca desde la hacienda local hasta la estatal, desde los alguaciles hasta el mismísimo emperador. Ni tan siquiera la Universidad se libra de su mordaz crítica:

"Me propuso una cuestión bastante difícil, pidiéndome le dijese cuántos toneles de agua había en el mar; pero yo, como hombre que había estudiado el mar y hacía poco que había salido del mismo supe responderle muy adecuadamente diciendo:

—Muy insigne rector, haga vuestra merced detener todas las aguas y que yo las cubicaré muy rápido, dándole razón bastante aproximada."

***

"—Otra pregunta don Lázaro de Tormes: ¿Cuál es la distancia que hay de la tierra hasta el cielo?

Tendría que haber visto Vuestra Merced mi carraspear, porque a ello no sabía qué responderle, porque muy bien podía él saber que no había hecho yo tal camino. Si me pidiera el orden de vida que guardan los atunes y en qué lengua hablan, yo le diera mejor razón. No obstante, no callé a pesar de todo. Antes respondí sin esperar al día siguiente:

—Muy cerca está el cielo de la tierra, porque los cantos de aquí se oyen allá, por bajo que hombre cante, hable o rece, son escuchados en el cielo, y si no me quiere creer, váyase al cielo y yo cantaré en voz muy baja, y si no me oye, viene de regreso y me condena por necio."

Los estudiosos se han quedado con la obra maestra y han despreciado la segunda parte, acusándola de poca gracia y escasa calidad literaria, haciendo buena esa esa máxima de *"segundas partes nunca fueron buenas"*, sin pararse a pensar que podrían estar equivocados quienes menospreciaron en su momento esa segunda parte de autor anónimo, como El Lazarillo, porque así lo decidió la

Inquisición y por miedo, pero ahora esa cuestión es absurda, y si bien es muy difícil de leer, sí que se podrían hacer adaptaciones y recuperar una obra de nuestra literatura clásica. Mientras las editoriales se han permitido actuar con el mismo criterio que la Inquisición e incluso añadiendo a la primera parte la ya mencionada versión de Juan de Luna, siendo que nada tienen que ver. La versión de Juan de Luna de 1620, es al Lazarillo como El Quijote de Avellaneda al Quijote de Cervantes. El Lazarillo, tanto la primera parte de 1554, como la segunda parte publicada en clave en Amberes, no lo olvidemos, de manera conjunta con la primera parte, son libros tremendamente críticos con el sistema imperante. Ambos lazarillos cuestionan todo lo habido y por haber, desde la Iglesia omnipresente, en todos los ámbitos de la sociedad, hasta lo más sagrado, la Universidad, catedral del conocimiento humano, pasando por la monarquía, el ejército, la jurisprudencia, la concupiscencia en todos los estamentos de la alta nobleza.

La otra segunda parte de El Lazarillo, la publica en París en 1620, por Juan de Luna, profesor de español en París. Parece que bastante indignado con la edición de Amberes de 1555, decidió publicar la obra anónima de 1554 y añadirle una versión propia. Al igual que la otra segunda parte, la de Juan de Luna, en nada se parece a la primera versión. Su crítica contra el clero y contra la Inquisición es particularmente violenta y agresiva.

Hay otro tercer Lazarillo, publicado por Juan de Tolosa, El Lazarillo de Manzanares, aunque tiene más que ver con El Buscón, de Quevedo. Incluso, Camilo José Cela escribió Las nuevas andanzas de Lazarillo. Y todavía podrían salir más “lazarillos”, los momentos actuales se prestan a ello.

"Padres" del Lazarillo

Posiblemente, aunque se ha adjudicado a varios autores, jamás llegaremos a saber quién realmente escribió esta joya de la literatura castellana. Esta breve novela ha provocado la escritura de voluminosos volúmenes a nivel internacional intentando argumentar y asegurar saber y poder demostrar estar en posesión del nombre del autor de Lazarillo. Desde mi paisano el conquense Alfonso de Valdés, que en mi opinión es imposible, por mucho que la Iglesia de San Salvador esté en Cuenca, de la cual era capellán un tío de Alfonso de Valdés, quemado por la Inquisición sin pruebas, acusado de hereje. También fue procesado su padre y su hermano Andrés. Y que, a pesar de su privilegiada vida en la Corte, atacó a la Iglesia denunciando sus prácticas y corrupción con su primera obra, el "*Diálogo de las cosas acaecidas en Roma*". Alfonso de Valdés presenta el saqueo como voluntad de Dios, exime de culpa a Carlos V, señala la corrupción de la jerarquía eclesiástica y acusa al Papa de desempeñar mal su oficio.

La catedrática Rosa Navarro Durán, aporta muchos datos a favor de la candidatura de Alfonso Valdés en su libro "*Alfonso de Valdés, autor del Lazarillo de Tormes*", pero se da la circunstancia, que Alfonso Valdés muere en 1532 y el Lazarillo se publica en 1554, además se realiza de manera simultánea en cuatro puntos distintos: Burgos, Alcalá de Henares, Medina del Campo y Amberes. Son muchos años, por lo cual, en mi opinión se descarta la opción de mi paisano *Alfonso Valdés*, también por esas circunstancias enumeradas en el capítulo anterior y que deja claras la segunda parte del Lazarillo, se podrá argumentar que no hay pruebas de que se traten de los hechos que digo yo. Sin embargo, tantos argumentos como Rosa Navarro Duran, Mercedes Agulló aporta en favor de Diego Hurtado de Mendoza. Y es posiblemente Diego Hurtado de Mendoza quien en más ocasiones su nombre ha sonado como autor, apoyando yo también esa posibilidad. No obstante, hasta ahora, son conjeturas con escaso fundamento, las pruebas descubiertas por la profesora Mercedes

Agulló, no prueban dicha autoría, sin que por ello nadie pueda probar lo contrario. En cuanto al tercer candidato importante el fraile fray Juan de Ortega de la Orden de San Jerónimo, al cual atribuyó la autoría de esta obra al también jerónimo fray José de Sigüenza:

"*Dicen que siendo estudiante en Salamanca, mancebo, como tenía un ingenio tan galán y fresco, hizo aquel librillo que anda por ahí, llamado Lazarillo de Tormes, mostrando en un sujeto tan humilde la propiedad de la lengua castellana y el decoro de las personas que introduce con tan singular artificio y donaire, que merece ser leído de los que tienen buen gusto. El indicio desto fue haberle hallado el borrador en la celda, de su propia mano escrito.*"

Resulta más que dudoso que fuese este fraile, ya que cuando se publicó era el Padre General de los Jerónimos.

Estos estos tres digamos que son los padres más probables, otros pueden ser: Lope de Rueda, Sebastián Horozco, Cervantes de Salazar, Juan Arce de Otálora y Juan Luis Vives, incluso hay quien en un alarde de imaginación, El filólogo catalán Jordi Bilbeny, estudioso del Lazarillo de Tormes, se atreve a decir que este libro de autor anónimo fue obra de un escritor valenciano, cuya identidad no ha podido documentar, aunque cree que podría ser Joan Timoneda. Incluso habla de "*catalanadas*", como si la semejanza del castellano y el catalán de aquellos tiempos no fuesen más que significativas y todavía hoy esas supuestas "*catalanadas*", son de uso común en Castilla.

Sin embargo, el hispanista Morel Fatio, llegó a la conclusión a finales del siglo XIX que todas las pruebas que adjudicaban a uno o a otro la autoría del Lazarillo eran inconsistentes, razón por la cual, lo lógico y sensato era considerarlo anónimo. Más tarde, el gran estudioso Julio Cejador aseguraba que fue escrita la novela por Sebastián Horozco, y realiza; multitud de comparaciones con la obra del mismo. No obstante, no convence a nadie a pesar de que su obra es de las más completas.

Lo que está claro es que el anonimato del autor de esta novela ha hecho ganar mucho dinero a infinidad de estudiosos del Lazarillo y todavía saldrán otros muchos que llegarán a escribir sesudos estudios que demostrarán con total contundencia quien es el verdadero autor del Lazarillo, de todos estos estudios y libros, lo más sesudo es la imaginación y el intento de arrimar la ascua a una sardina que todavía no está pescada ni se llegará a pescar jamás. Continuarán las incógnitas sobre el autor del Lazarillo, a pesar que desde el principio nos aporta datos sobre la fecha aproximada de su nacimiento, así como de la finalización del libro.

Esclavitud en España durante este periodo

Llama la atención la presencia de Zaire, el padrastro de Lázaro, que era de raza negra, siendo una de las pocas referencias que se hace en la literatura sobre la esclavitud en España. Tampoco se suele dar en otras expresiones artísticas, por ejemplo, en la pintura, siendo tal vez su exponente más conocido Los tres niños de Bartolomé Murillo. Tal vez por Murillo sevillano y ser Sevilla uno de los lugares donde mayor número de esclavos existía comparado con otras partes del Reino de Castilla, un 7% de la población. Así nos lo contaba el cronista Luiz de Peraza.

"Hay infinita multitud de negras y negros de todas las partes de Etiopía y Guinea, de los cuales nos servimos en Sevilla y son traídos por la vía de Portugal".

Un poco de Historia sobre la esclavitud

La esclavitud es casi tan antigua como la humanidad, absolutamente en todas las civilizaciones, una mercancía que el dueño podía vender, comprar, regalar o moneda de cambio con la que pagar deudas contraídas, sin que el esclavo tuviese derecho a oponerse de ningún modo, esposos separados de sus esposas, hijos, hijas, quien decidía era el amo. La monarquía española, como todas la apoyaba, para la Iglesia resultaba hasta blasfemo oponerse, basándose en la misma Biblia, Génesis 9:25-27:

"Maldito sea Canaán; Siervo de siervos será a sus hermanos. Dijo más: Bendito por Jehová mi Dios sea Sem, y sea Canaán su siervo. Engrandezca Dios a Jafet, y habite en las tiendas de Sem, y sea Canaán su siervo.".

En la Baja Edad Media apareció un modo de esclavitud que aparentemente era más humana, fue la que predomino en España durante siglos, la servidumbre:

Los siervos en teoría eran libres, no pertenecían al dueño, sino a la tierra de su amo. En cierto modo ese modelo ha continuado vigente durante siglos, los pobres han tenido que trabajar durante largas jornadas a cambio de la manutención y en ocasiones ni eso. Algunas medidas y leyes laborales de la actualidad, nos retrotraen de nuevo a esa situación, muchas personas pueden tener trabajo y aun así pasar hambre y necesidades, pero eso es otra historia, volvamos pues a la cuestión histórica.

La esclavitud en España

La esclavitud Introducida por los Reyes Católicos, por el tratado de Alcaçovas, mediante el cual se autoriza a España a la venta de esclavos en su territorio. El posterior Tratado de Tordesillas en 1494, impide durante los siglos posteriores el comercio directo de esclavos en colonias desde las costas africanas, pero no dentro de España, aunque no era muy común, al ser la población llana tan pobre, estaba dispuesta a trabajar en régimen de semi-esclavitud y en muchas ocasiones salía más barata, porque al esclavo debía mantenerlo su dueño y al criado no. A pesar de ello los criados consideraban a sus patronos sus amos y como tal era la relación entre ellos. Lázaro, siempre se refiere a todos como: mi amo.

Especial mención merecen las esclavas, que aparte de trabajar de criadas por la manutención, también eran esclavas sexuales al servicio de su amo o amos. Amos que después se declaraban paladines y defensores de la cristiandad. En España estaba totalmente prohibido el matrimonio con esclavas que no fuesen blancas. Incluso estaban prohibidas las prostitutas negras o de razas que no fuesen blancas, con esclavos no se molestaban en legislar, debido al poco peso de la mujer en aquella época. En las colonias americanas sin embargo se permitieron matrimonios con indígenas e incluso se primaron con tierras dichas uniones. Sin embargo, las mujeres de raza negra no estaban exentas de abusos y violaciones, siempre fuera de los cauces "legales"; aunque, también se quedaban embarazadas, naciendo nuevos esclavos o bastardos no reconocidos como tales. Llego un momento en que los mestizos y mulatos en las colonias americanas eran tantos que ya fue inútil todo estúpido intento de mantener la pureza de la sangre española.

Los esclavos tenían diversas procedencias, la mayoría de ellos eran negros, pero también los había, magrebíes, bereberes y turcos, pero también canarios, indígenas americanos a los que se añadiría después de la rebelión de las Alpujarras en 1560, también muchos españoles de ascendencia morisca. Es en Sevilla donde también se da el número más numeroso de mulatos y negros libres, en torno al 10% de la población.

En cuanto a las colonias americanas el tratado de Tordesillas, impide durante los siglos posteriores el comercio directo de esclavos en colonias desde las costas africanas, a pesar de ello unos años después comienzan a llegar los primeros esclavos a las islas del Caribe, fundamentalmente para los cultivos de caña de azúcar, la excusa una gran epidemia que diezma la población indígena, dejando sin trabajadores indígenas semi-esclavos las islas del Caribe. Esta aberración, a pesar de dicho tratado, fue muy grande, por ejemplo, Puerto Rico con menos de 400 españoles, había más de 2000 esclavos. El mallorquín fray Bartolomé de las Casas, gran defensor de los indígenas americanos fue al mismo tiempo un impulsor del tráfico de negros, como modo de proteger a los indios, alegando que la naturaleza de los esclavos africanos era más robusta. A pesar de ello cien años después de la llegada de los españoles la población indígena había desaparecido del Caribe, siendo reemplazada por población procedente de África, porque no era necesario darles comida no mantenerles, no se utilizaban para trabajar, las tierras y posesiones se las habían robado los españoles, pasaron de ser una mano de obra esclava a una “carga innecesaria”, para los colonos.

La esclavitud en el Lazarillo (Zaide):

El castigo al cual es sometido el padrastro de Lázaro, hubiese sido similar de haberse tratado de un español libre. A Zaire le propinaron cien latigazos y le pringaron, es decir le echaron sobre las heridas tocino derretido para que el dolor fuese más intenso y a la madre del Lazarillo le condenaron a la misma pena de cien latigazos por haberse emparejado con un hombre de otra religión, además de prohibirle acercarse a casa del comendador, la diferencia hubiese sido de haber desobedecido a su amo, prolongando la relación o si su amo hubiese decidido prescindir de su mano de obra esclava, en ese caso su vida no tenía otro precio que el que su amo decidiese, posiblemente habría terminado ahorcado.

En la segunda parte se habla de pasada también sobre la esclavitud, cuando Lázaro capitanea el ejército de atunes contra las tollinas y trae esclavos para el rey, jóvenes machos para ser comidos y jóvenes hembras para disfrute sexual del monarca, razón por la cual este prescinde de la bella Luna y para evitar comérsela y ya que no hay conventos en el mar, la da como esposa a Lázaro. Criticando la costumbre del Emperador Carlos I, de disfrutar de jóvenes vírgenes que cuando se cansaba de ellas las casaba con nobles o caballeros, o en su defecto las metía el convento.

La Inquisición

Posiblemente de no haber existido la Inquisición el Lazarillo de Tormes nos habría llegado integro, que se cebó especialmente con el tratado cuarto, prohibiendo su impresión y que, más tarde ante el negocio que representaba para las arcas, permitiera de nuevo su publicación, una vez expurgada. La obra no volvió a ser publicada íntegramente hasta el siglo XIX.

La Inquisición creada en la Edad Media, para perseguir, procesar y condenar a los culpables de herejía, se introduce en España en 1478 por el Papa Sixto IV expidiendo una bula autorizando a los Reyes Católicos nombrar inquisidores y renovarlos a perpetuidad. Su objetivo principal era perseguir a los judíos, cuya expulsión se produce en 1492, se calcula que más 40.000 personas fueron expulsadas y más o menos la misma cantidad decide convertirse. Estos engrosaron el grupo de conversos que fueron el objetivo predilecto de la Inquisición.

Una tradición muy española, como es la matanza del cerdo, que hasta no hace mucho se realizaban en las zonas rurales, se realizaban siempre en la calle en plan festivo, precisamente como acto de afirmación, y posiblemente fueron los judíos conversos y los moriscos quienes comenzasen la misma ya que se consideraba un acto de Fe, realizar la matanza del cerdo en público, como signo de Fe en Cristo, ya que ni judíos ni musulmanes comían cerdo y bastaba una denuncia, incluso más anónima que el Lazarillo para ser perseguido y condenado, debiendo demostrar la víctima su inocencia estando preso y sometido a crueles torturas y sin saber quién le había denunciado o el motivo, si alguno intentaba saber la verdad, era amordazado, si a la hora de morir se declaraban católicos verdaderos, no se les perdonaba la vida pero se les daba la opción de morir estrangulado antes de quemarle y ya Dios le acogería en su seno. Si, por el contrario, si no confesaban en los dogmas católicos eran quemados vivos, de la manera más cruel inimaginable. La leña alrededor de la estaca donde se encadenaban a las víctimas, en ocasiones era verde a propósito, para que sufrimiento fuese mayor. Comenzando sin terminar de levantar llama a quemarse pies, piernas, mucho antes que el resto de las partes vitales. Algo tan atroz se llevaba a cabo en plazas públicas con numerosos asistentes que lo celebraban como si se tratase de un espectáculo edificante, que era disfrutado por personas de todas edades y condición.

En numerosas ocasiones los condenados eran multitud, en esos casos se celebraban los llamados Autos de Fe, que eran ceremonias muy pomposas en las cuales salían en procesión las autoridades civiles y eclesiásticas y detrás los condenados a muerte, vestidos con ropas infames a las que llamaban "sambenitos", de ahí la expresión: "Colgarte el sambenito".

No es de extrañar por tanto que el autor del Lazarillo de Tormes, no desease que le colgasen el *sambenito*.

Personajes del Lazarillo

Lazarillo de Tormes

Su nombre real es Lázaro González Pérez, es el protagonista narrador de la novela. Representa la clase más humilde de la época. Como tantos otros, desde su más tierna infancia comienza a ganarse el pan que se come, primero vendiendo lo que roba su padrastro, Zaide, después en el mesón de La Solana, para seguir con el ciego y demás amos. Su máximo objetivo durante los tres primeros tratados es comer. Cambia la situación en el cuarto tratado con el fraile de la merced, que le regala los primeros zapatos, para llevarlo al "*trote*", y al cual debe abandonar también al trote. El personaje va creciendo y mutando, haciéndose más previsor y seleccionando los trabajos de acuerdo a su criterio, a pesar de que sabe que, si hoy pasa hambre, mañana tal vez pueda llenar su estómago. Su astucia se acrecienta conforme se va desarrollando la trama, a la vez que va madurando para ser un hombre de provecho. Le llega la oportunidad en el sexto tratado, convirtiéndose en un *hombre de bien*. Termina casándose tras conseguir un puesto como pregonero en Toledo gracias al arcipreste de San Salvador, el puesto y el matrimonio. Acepta sin rechistar las prebendas del arcipreste, a pesar de las habladurías, porque lo que más le importa ahora es mantener su estatus social, resultándole secundario que su esposa entre y salga de la casa o la cama del clérigo. Siempre que no se sepa está dispuesto a creer todo lo que le jure el arcipreste.

Tomé González (Padre de Lázaro de Tormes)

Persona que debe pagar por ser pobre, no es honrado cuando el hambre la tienes de vecina. Si bien se presenta como un hombre de poco honor, al compararlo con otros personajes, como el ciego, el clérigo, el monje, el buldero o su último amo, el arcipreste, puede considerarse el más honrado, es ladrón sí, pero roba para comer y dar de comer a su familia. Es acusado de robo, y condenado a servir a un caballero en galeras, dónde, acaba sus tristes días.

Antona Pérez (Madre de Lázaro).

Se traslada a Salamanca intentando sobrevivir encontró el modo de ganarse la vida haciendo lo que mejor sabía: guisar y dar de comer a estudiantes. No daba para mucho y pronto también se dedicó a lavar la ropa de los mozos que trabajaban en las caballerizas del Comendador de la Magdalena, por lo que eran frecuente sus visitas a las mismas, dónde conoció a Zaide.

Zaide (Padrastro de Lázaro).

Zaide es un esclavo negro y musulmán, es el encargado de las caballerizas de La Magdalena, por amor y necesidad de dar de comer a su hijo, a Lázaro y a la madre de ambos, termina cayendo en el mismo error que el padre de Lázaro. Realiza pequeños hurtos, que terminan por descubrirse, es azotado y torturado echándole pringue en sus heridas. Terminando la relación con Lázaro y su madre, que debe buscarse la vida sirviendo en un mesón.

El ciego (Primer amo de Lázaro).

Es un hombre muy inteligente y astuto, quien más más influye en el futuro de Lázaro. De él aprende casi de todo, lo convierte en astuto, malicioso, precavido. Compite con él, dándole lecciones desde antes de salir de Salamanca. Su lenguaje propio de los ciegos de la época, sus oraciones y remedios, le enseña al muchacho a ser un buen pedigüeño y otros modos de ganarse la vida. Sin embargo, el ciego es un saco de defectos, siendo el principal su avaricia. El ciego le enseña tanto como le hace sufrir, sacando a la luz sus más bajos instintos de venganza.

El Clérigo (Segundo amo de Lázaro).

Si avaro era el ciego, este lo era mucho más. Si con el ciego pasaba hambre, con el clérigo creía morir; sin embargo, al contrario que el ciego, no lo maltrata. Es un personaje muy contradictorio, actúa de una manera y se vanagloria de unas virtudes que está muy lejos de poseer. No tiene escrúpulos para los demás y muchos para él, de buen comer. Es tan avaro y egoísta que no reparte con el pobre Lázaro ni el pan de la misa, que guarda en un arca bajo llave; no obstante, ofrece a Lázaro el pan que supuestamente han comido los ratones. Lázaro se convierte en la persona más ingeniosa con tal de comer unas migajas de pan; aunque al final por error termina descalabrado.

El escudero (tercer amo de Lázaro).

Se alimenta de las apariencias, el querer y no poder. Incapaz de aceptar su situación de pobreza extrema. Representa las falsas apariencias de la época. Engaña a todos con sus modales de caballero y su manera de vestir. Lázaro al verle creía que Dios lo había puesto en su camino, y así presume el escudero:

—*Dios ha sido generoso contigo y te ha puesto en mi camino. Seguro que alguna buena oración has rezado hoy.*

Presumía de riquezas; sin embargo, vivía de alquiler en una casa lóbrega dónde no entraba la luz, y hasta la lana del colchón había tenido que vender para poder comer. Es criado quien alimenta al amo. Curiosamente es amo quien abandona al criado sin darle explicaciones.

Las mujercillas

Mención aparte e intrigante, el papel de las modistas, que cosían bonetes. Son quienes socorren a Lázaro y le dan amparo y cobijo. Son muchos estudiosos que quieren dar otra profesión a las "primas" del siguiente amo. Las mujercillas, según estos autores, en realidad, eran prostitutas, vecinas de Lázaro y el escudero. En La Celestina, las prostitutas utilizan talleres de costura como tapadera y medio de captación de jóvenes muchachas.

El Fraile de la Merced (Cuarto amo de Lázaro).

Es el capítulo más corto y perseguido por la Inquisición, de hecho, no aparece en "El Lazarillo castigado". Dejando lugar a muchas interpretaciones de carácter sexual. Queda claro que es un fraile promiscuo, que no hace ascos ni a la carne ni al pescado. No es la mayor obsesión de Lázaro yacer con mujeres, sino comer lo necesario sin poner en riesgo su integridad, por ello deja con antes y con antes al fraile. "*Por otras cosillas, que no quiero contar*".

El Buldero (Quinto amo de Lázaro)

E más sinvergüenza de todos. Un timador en toda regla, sin escrúpulos. Vendía bulas en su propio beneficio, sin importarle los medios. Ya fuese organizando peleas, como espectáculos de exorcismo en el interior de la Iglesia. No tiene mucha relación con Lázaro, que teme que alguna vez pueda recibir las consecuencias de las mentiras y falsedades en sus propias costillas, razón por la cual abandona a este quinto amo.

El Pintor de panderos (El sexto amo de Lázaro).

Poco sabemos de él, estuvo muy poco tiempo con él. Parece que recibió malos tratos, y terminó por abandonarlo.

El Capellán de la catedral (Séptimo amo de Lázaro).

Es quien le ofrece el primer trabajo con sueldo a Lázaro, un asno y cuatro cantaros para repartir agua por Toledo. Con él estuvo cuatro años, el suficiente para ahorrar y poder comprarse ropa usada, para como el escudero, parecerse a los buenos, sin serlo.

El Alguacil (Octavo amo de Lázaro).

El oficio alguacil, aunque lo convertía en un hombre de ley, le parecía muy peligroso, y ante el riesgo un día salir más descalabrado de la cuenta, huye.

El Arcipreste de San Salvador (Noveno y último amo de Lázaro).

Un hombre que representa lo peor de la Iglesia, mujeriego, mentiroso, corrupto y falso, que casa a su amante con Lázaro, para acallar las murmuraciones.

La Criada del Arcipreste de San Salvador (Esposa de Lázaro)

Mujer con la que casa el arcipreste a Lázaro. Que, a pesar de todo, trae a su vida felicidad y prosperidad.

Autor de la adaptación:

Autor y sus libros:

Paco Arenas, nació en Pinarejo (Cuenca). Apenas fue a la escuela y con once años ya trabajaba. Su afición a la lectura y la escritura era tal, que lo que no aprendió en la escuela, lo aprendió en los libros, hasta el punto de participar con 26 años en el Premio Nadal y quedar su novela Réquiem por una noche de amor, seleccionada sin llegar a ganar, dejando de escribir. A los 55 años tras quedar desempleado, de nuevo comenzó a escribir. En la actualidad tiene dos novelas publicadas: Los manuscritos de Teresa Panza, Ediciones Hades (2015) y Caricias rotas (2016). Ha ganado dos segundos premios de relatos contra la violencia machista: Aurora cierra los ojos (2014) y "Vicentica" (2016). Asimismo, ha llevado a cabo adaptaciones de clásicos como La Celestina, y El Lazarillo de Tormes. Ambas adaptaciones se encuentran se encuentran entre los más vendidos en las listas de Ficción clásica y guías de repaso de Amazon. Asimismo, como algo extraordinario, decir que su novela Los manuscritos de Teresa Panza, escrita al estilo del siglo XVII, posiblemente sea la única novela escrita en el siglo XXI que ha entrado en el TOP 100 de Ficción Clásica de Amazon.

Los manuscritos Teresa Panza

Un niño de doce años entra en una cueva de un pueblo de La Mancha poco antes de que sus propietarios decidan darle uso como fosa séptica. En dicha cueva encuentra un baúl, en cuyo interior se encuentra una virgen de mármol del tamaño de un cencerro, una bacía de barbero, similar a la utilizada por don Quijote de La Mancha y, lo más importante unos manuscritos. Dichos manuscritos, tras analizarlos, se llega a la conclusión de haber sido redactados de puño y letra por una desconocida hija del fiel escudero de don Quijote, Teresa Panza. Teresa Panza aprendió a leer y a escribir de la mano de Miguel de Cervantes; pero también a pensar, no como mujer, sino como persona, un nivel superior a hombre o mujer.

Los manuscritos de Teresa Panza, escrita en primera persona por Teresa Panza, imitando el estilo del siglo XVII, siendo la única novela escrita en el siglo XXI que ha llegado a estar en el TOP 100 de Ficción clásica de Amazon. Según los críticos, es una novela plagada de sentido del humor, erotismo, amor, y cierta crítica social, que podría definirse como feminista, a la vez que es un alegato sobre el derecho a la educación.

Caricias rotas

Aurora necesita tomar pastillas para dormir. Sin embargo, poco a poco ha logrado reducir la dosis a la mitad, pero algunas noches se le olvida tomarlas. El tiempo ha diluido paulatinamente la pesadilla que se inició durante la luna de miel y se prolongó a lo largo de su vida.

A sus cuarenta y dos años todavía es joven y hermosa, y sabe que debe tomar una decisión: unirse a su marido o "divorciarse" definitivamente de él. El día que su hija le anuncia su compromiso matrimonial, las noches de insomnio regresan para convertirse en una cruel congoja contra la que se siente incapaz de luchar.

Mientras viaja en la limusina nupcial para participar como madrina en la boda de su hija, rememora su pasado dispuesta a tomar una "*penúltima*" decisión que es, "*divorciarse*", olvidarse de su marido para siempre. Ella quiere ser feliz y está dispuesta a lograrlo.

Adaptaciones de Clásicos y guías de estudio

El lazarillo de Tormes

(Varias veces nº 1 en ficción clásica de Amazon)

Esta edición es una adaptación libre la mejor novela picaresca española; trasladada al español actual, haciendo innecesario utilizar el diccionario o el pie de página para comprender lo que quiere decir el autor, indicada por tanto para conocer de manera amena y eficaz esta gran joya literaria facilitando la lectura sin interrupciones, todo ello manteniendo la máxima fidelidad al texto original, siendo por tanto recomendable para el público joven.

El Lazarillo de Tormes completo: I ª y II ª parte (Edición Amberes 1555

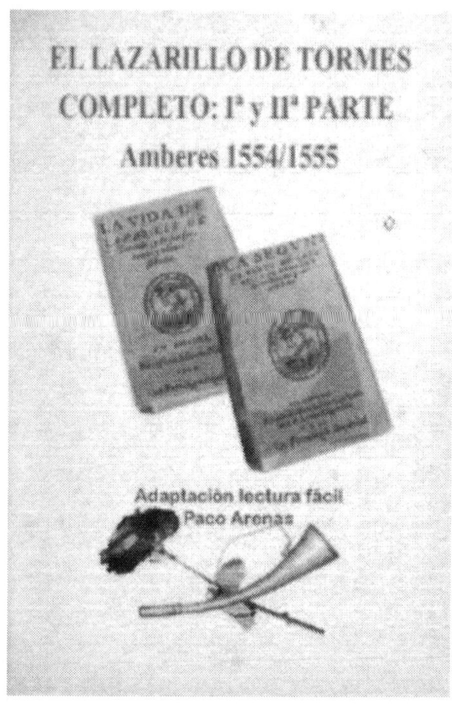

El Lazarillo, al igual que El Quijote, tuvo dos partes: la primera que todos conocemos y la segunda que se publicó de manera conjunta en Amberes en 1555, no llegando a publicarse en España hasta 1844, por estar prohibida por la Inquisición. La primera cuestiona la Iglesia, la segunda todo el sistema. A la primera se le indulta, a la segunda se le condena a desaparecer. Por suerte se edita en Amberes y Milán, de lo contrario jamás hubiese llegado hasta nuestros días. La Segunda parte es una perfecta desconocida, tan solo se reimprimió en dos ocasiones más y siempre fuera de España, en Milán en 1587 y 1615, junto con el primer Lazarillo. Ahora es posible leer ambas partes, sin censura y de manera fácil, al estar completamente adaptado al castellano actual.

La Celestina –Tragicomedia de Calisto y Melibea

De Fernando de Rojas

(Varias veces nº 1 en ventas, tanto en ficción clásica como en guías de estudio y de repaso)

El placer de leer una obra clásica como La Celestina, adaptada al castellano actual, sin que por ello pierda su frescura, que además contiene un amplio contenido adicional como:

Más de 160 anotaciones para facilitar el estudio o aclarar conceptos, siendo totalmente prescindibles para realizar la lectura con fluidez.

Relaciones sociales, matrimonio, sexualidad y mancebía en tiempos de La Celestina:

La sociedad del siglo XV, centrada principalmente en el mundo en que se desarrolla la acción:

1) Relaciones sociales.

2) Matrimonio.

3) virginidad y reparación de virgos.

4) Sobre mancebos, mancebas, amantes, mujeres entretenidas, sobrinas, criadas y consentidores y el por qué a las prostitutas se les llama rameras.

5) Métodos anti conceptivos

Principales aspectos de La Celestina:

Apuntes sobre la obra y los personajes

El Lazarillo de Tormes—Lectura fácil

(Varias veces en el TOP 100 de guías de estudio y de repaso)

La vida de Lazarillo de Tormes y de sus fortunas y adversidades, adaptada al castellano actual para que sea fácil su lectura y comprensión, con 145 anotaciones para facilitar el estudio o aclarar conceptos, siendo totalmente prescindibles para realizar la lectura con fluidez.

Curiosidades sobre El Lazarillo y el siglo XVI

¿Existen dos segundas partes de El Lazarillo o solo una?

"Padres" del Lazarillo.

La España en el siglo XVI

La novela picaresca.

Un breve repaso histórico sobre el siglo XVI en España, Incluyendo:

Sobre el nacimiento de Lázaro de Tormes y Carlos I y la labor de las comadronas.

Relaciones sociales, matrimonio, sexualidad, mancebía y métodos anticonceptivos en el siglo XVI

Esclavitud en España durante este periodo

La Inquisición

Personajes del Lazarillo

Bibliografía:

Historia de la inclusa de Madrid (Dr. José Ignacio de Arana Amur

Enrique Tierno Galván, Sobre la novela picaresca y otros escritos. Madrid: Tecnos, 1974.

Francisco Rico, La novela picaresca y el punto de vista. Barcelona: Seix Barral, 2000.

La represión de la prostitución en la Castilla del siglo XVII (Isabel Ramos Vázquez)

Juan Antonio Garrido Ardila, El género picaresco en la crítica literaria. Madrid: Biblioteca Nueva, 2008

Juan Carlos Rodríguez, La literatura del pobre, Granada, Comares, 2001.

Ángel Valbuena Prat, La novela picaresca española. Estudio, selección, prólogo y notas. Madrid, Aguilar, 1943

¿Qué es la novela picaresca? Alonso Zamora Vicente

Joseph L. Laurenti, Estudios sobre la novela picaresca española. Madrid: CSIC. 1970.

http://es.wikipedia.org/wiki/Batalla_de_Los_Gelves

http://www.matronasdenavarra.com/pdfs/historia.pdf

http://salamancapasoapaso.blogspot.com.es

https://es.wikipedia.org/wiki/Novela_picaresca

http://www.artehistoria.com

http://elcaballodeespartero.wikispaces.com/Situaci%C3%B3n+demogr%C3%A1fica,+econ%C3%B3mica+y+social+de+Espa%C3%B1a+en+el+siglo+XVI

http://html.rincondelvago.com/literatura-espanola-del-siglo-xvi.html

http://milenguaviperinaa.blogspot.com.es/2011/05/la-literatura-en-el-siglo-xvi-el.html

http://hispanismo.cervantes.es/documentos/sarkisianvahan.pdf

http://www.educacion.gob.es/exterior/centros/burdeos/es/materialesclase/lazarillotormes.pdf

http://montebueno.com/el-lazarillo-de-tormes-36.html

http://www.elhuevodechocolate.com/cuentos/lazaro6.htm

http://html.rincondelvago.com/lazarillo-de-tormes_244.html

http://es.wikipedia.org/wiki/Lazarillo_de_Tormes

http://teatrolapaca.com/wp-content/uploads/downloads/2012/05/didactico-EL-LAZARILLO-DE-TORMES.pdf

http://www.libertaddigital.com/sociedad/el-lazarillo-de-tormes-ya-tiene-autor-1276386392/

http://www.edu.xunta.es/centros/iesblancoamorculleredo/system/files/LA+VIDA+DE+LAZARILLO+DE+TORMES.pdf

http://hispanismo.cervantes.es/documentos/sarkisianvahan.pdf

http://www.cervantesvirtual.com/obra-visor/problemas-del-lazarillo--0/html/01bf036c-82b2-11df-acc7-002185ce6064_30.html

Contenido

Made in the USA
San Bernardino, CA
19 September 2017